KB158211

굉음

굉음

정나란 시집

2021
문학실험실

정나란

정나란

고라니로 태어나고 싶다.

—

밤의 속도

당신과 나눠 쓰는 불화
창호지 발린 문들이 열린 채 어둠을 나르고 있었다
마지막 음들이 서늘하게 공기 중에 퍼졌다
너는 한 음씩 늘려간다
파열음의 파는 가장 넓은 가장자리를 가졌다
나는 밀려간다

목련이 겨울에 피는 꽃이라면

목련이 겨울에 피는 꽃이라면
나는 강가에 불을 심겠다
삽을 들고 흙을 파야지
흙을 파서 줄지 않는 불을
한 삽 두 삽 떠 넣어야지
네가 파낼 수 있는
불을 넣고
삽으로 솟은 흙을 두드려야지

너는 백반집에서 밥을 먹고
자리를 털고 일어나 차를 몰고 오겠지
불을 찾으러
불을 찾아 담배를 나눠 피고

삽으로 흙을 치겠지
줄지 않는 불이 다시 오르도록
담배를 물고 단단하게 흙을
여며주겠지

목련이 겨울에 핀다면
뿌리에서 흰 열을 뿜던 목련이
눈발 속에 공중에 서 있는다면
나는 침대에서 일어나

줄지 않는 옷을 입고
강가로 가겠다
눈이 앉은 회색 차에 시동을 걸고

손끝을 오므리면 목련 꽃봉오리를 닮을 것 같아
나는 떨어지지 않도록 흰 불을 모아 쥔다
밤길을 달리면 누가 오는 것 같아
움직이는 것이
암각된 얼굴이 어둠 속에 보여도
돌아보지 않아야지

그리고 강가에서 황급히
다시 불을,
탁탁 삽으로 흙을 두드려야지
산들이 조금씩 어두워지고
줄지 않는 불을 한 삽 두 삽 떠 넣어야지

손을 떠 넣지 않도록 조심해야지
흰 꽃을 먹고 죽은 개처럼
모아 쥔 손끝을 입처럼 열었다 닫으면
왈왈 손이 짖는다
불을 향해 짖는다

3과 2분의 1

갈라진 길들이 있네
물기를 머금은 회색빛이 있네
말라가는 나무들
등지고 가는 사람이 되어도 될까

나는 네가 비벼 끄는 빛
그곳에서 헤어나지 못하는 초록
너의 발엔 흙이 가득하네
네가 눈감은 평면의 3과 2분의 1
깨어나지 않는다

대부분의 회색이 새들에게 간 것은 어쩌면 당연한 것
그 후에 비어버린 사람을 위해

공중에는 휘파람

회색을 입고

음성을 나르네

딱딱한 부리로 아무것도 쪼지 않는 저 빛

갈라진 길들이 있네

향기를 없앴다고 말하네

납작하고 마른 것을

없앴다고 말하네

소리는 무한히 생겨나네

없애야 할 것들의 무한한 없애야 함

어둠이 코끝에 묻어가는 동안

복도에서 들려오던 쌍둥이 같은 목소리

그 소리가 어깨를 두르던 때,

동정을 언어에 담지 말고

참을 수 없는 곳으로 가라

누에고치의 공간처럼 둘러싸일

사건은 불러오지 말고

어둡고 촘촘하게 닿아오는 속에 사라지는
형체를 감추어 목표는 검은 곳에 이르는 것

담장을 쌓아 올리는 검은 빛을 떠올리네
누군가 기어오르고 있다
아무도 오르지 않을 것 같은 성벽의 담장에
기어코 기어오르는 자가 있는 세계

그의 눈 감은 얼굴에 검은빛이 드리운다. 그는 왼쪽
으로 엎드려 자는 버릇을 가졌구나
둥근 팔꿈치를 오므리고 잠이 들 때 서글프지 않지만
그의 둥근 팔꿈치는 달걀의 내적 균형처럼 오롯하게 슬
프다
금 밖으로 나가지 않는 사람 성벽을 쌓듯 밥을 먹고
의심을 하듯 옷을 입는다

기슭 쪽으로 2

경작이 이뤄지고 있다
뛰어가는 네 발 아래

움직이는 어둠은
스스로 공포를 삼키지 못한다
마른 풀 위를 뛰며
건조를 선에 가깝게 만든다
태양의 속도로
그림자에 그림자를 뒤집으며
휴경지의 풍경들을 놓는다
공중은 참담한 미소가 어린
천사들의 벽면
네가 놓은 말들이 있다

아니었던 말
말라가는 말들의 건조기

태양은 아무래도 천 개의 발에 가까운 존재감을 가
졌고
나는 천 개라는 말을 할 때마다 숫자들의 기원을 생
각한다
기원은 웅크린 흰빛을 품고 있는 것 같으니
어느 날 꿈에 지나친
호수를 메우고도 남을 날개를 가진
백조의 측면과 같은 것이다

그네를 띄우지 않고
회전 관람차를 돌리지 않고
지워가는 놀이를 시작하는
저편이 있다
경사를 가지고 떨어지는 그림자를 이고
빛나는 것들의 연구가 되는 숲이 있다
강 건너에 일어나는 일들

백조의 날개에 이는 흰 벽면의 물결
하다 만 말을 품고
반대편을 향해 걷는다
거품처럼 일어나는 길들이 나타난다
잎을 떨군 가지의 굴곡을 따라가는 말들
나는 내가 만들지 않은 길을 번복하면서
길을 가리킨다
여기 사랑의 얼굴이 없고
그것을 닮은 비닐봉지나
자투리 천 같은 색깔도 없다

불을 타고 가는 음성 속에
먼지의 결정들이 앉아 있다

나팔

미묘한 싸움 사이를 지나는 정오의 흰개미들
공포의 풍선을 들고 회전을 기다린다
이곳은 참을 수 없는 곳
네가 선의의 얼굴을 만드는 동안 저편은 서서히 무너
지고 있었다
산을 둘러싼 하늘과 교차하는 공중의 도로들
길들은 의치를 드러내어 닦고 있는 사람처럼
수직을 무너뜨리며
나앉아 있는가

너는 개망초를 뜯고
잎사귀 사이의 진딧물을 보여주었다
새들은 진딧물을 먹고 진딧물은 새의 내부로

들어가고

새들의 눈알엔 작은 진딧물의 세계가 자라나고 있다

트럼펫 소리가 들리지 않나요

종말엔 슬프게 될 시작을 떠올리죠

시작은 희망찼던 것

아버지와 어머니 사이에서

의치를 닦는 노인과 상 아래에 다리를 튼 아버지들

사이에서

슬픔은 부엌의 연기를 지나고 있었고

아무도 그것을 붙잡지 않으니

마당가의 채송화는 지닐 수 있는 모든 즙을 지닌 채

짙어져가고 있다

너의 선의를 기르는 동물들과 젖을 먹이는 염소와

네 이마의 생각을 감싸는 구름들의 영향으로

마당을 아장아장 걸어 나와 짙은 빛 앞에 발길을 멈

추고

생각이 빠져나간 자리의 단 하나의 생각이 되어

그러나 저편이 무너지고 있는 것은 왜 우리의 비극이

되었을까

희고 단단한 이빨처럼

신체를 본받아 성장하리라

단단하고 가지런한 정서들을 모았지만

얼굴을 서서히 가려오는 가지와 그림자들

어떤 곳에 평등과 평온이란 말이 실재할 수 있나요

사제와 승려와 목사와 선생이 고개를 숙이고 걸어가

는 사막의 길들을 보았다

검게 빛나는 순간에 너는 작은 진딧물이 되어 개망초

사이에 모인 순간이 되어

사라진다

너의 가슴 일부가 풍경 뒤에 나무처럼 있는 것을 이

해하지 못한다

그리하여 그림이 되고서 움직일 것인가 결정하지 못

한다

강과 불이 만나서 큰 소리를 내겠지

불안은 노을의 뒷면에 푸른 벽을 만들고 있다

때가 되면 불어나리라 믿었던 불신의 근원에

산의 흔적이 묻어 있다

아직 걸음을 옮기지 못하는 너는

자정의 도로가에 멈춰 선이 된다

여전히 푸르고 서 있는 곳마다

휘어진 것이 있다

희고 가는 것들

웃음이었다가 산을 넘어가는 저녁의 빛

남청색 길을 가는 흰 셔츠

파란 공이 부서질 때까지 갈 거야
무수한 실금이 생겨나는 여름의 태양 아래
석상 사이를 걸을 때 너는 내 옆에 말이 없고
버스는 움직였다

나는 너와 끝없이 부딪히는 어깨를 가지고 있다
종아리는 말이 없고 네가 있어야 할 모든 곳에
내 이빨 같은 조각들이 들어간다

금이 간 동상의 부조들
등 뒤로 날아오르는 새들
없었던 것을 만들어 세워놓는 것이 그들의 일이라면
떨어진 새들을 주워담는 일은

그들이 아닌 나머지의 일이었고

저녁은 보랏빛으로 연결되는 신을 그들의 등마다 놓
아주었다

사랑이 아닌 것이라 판명된 사람들은 휴가를 가지 않
기로 결정하고

나는 너와 끝없이 부딪치는 어깨만을 생각하고 생각
했지만

부서져 내리는 우리의 성분은 무엇으로 이뤄졌는지
답하지 못했다

남청색 셔츠는 보라로 이어지는가

공원엔 주워담을 공들이 무수하다

무수한 날개들이 날개들의 수만큼 쓸쓸하다

석회질의 성분을 화강암의 원인을 손으로 밀며 따져
보았지만

눈엔 고요한 새들의 눈알만이 맺히고 있었다

암청색 저녁의 일이었다

그들이 말하지 않은 입속의 고요가

거리의 유유한 사건이 되어 자라나고

사랑이 아닌 일을 말하는 사람들은

나무마다 매달린 잎사귀로 들어간다

잠들지 않아도 잠이 되는 초록

무수한 것을 주워담는 것이 그들의 일이었고

무수한 빛을 지정하는 일이 그들이 아닌 나머지의 일
이었다

어깨를 부딪치며 자정과 정오의 돌들을 생각한다

손가락을 맞부딪혀 밀며 빛은 멀어지고 너는 가까워
진다

그것을 세워놓는 자들이 돌아가고 그것을 무너뜨리
는 자들이 멈추자

남청색 길 위로 흰 셔츠를 입은 자가 걸어간다

신들은 등 위에 놓은 것을 거둔다

빛은 꺼지고 돌들이 입을 다문다

손끝은 뜨겁고 무엇이든 고요하다

드넓은 평행을 이루었다고 말했다

작곡가 Pervez Mirza를 생각하며

빛을 던지고 석상과 태양 사이를 걸었다

자신이 아는 가장 오래된 이름을 중얼거리며

그 누군가의 이름을 부르는 동안 발길이 닿는 곳은

빛나는 검이 되거나

은회색의 삼각을 던지며 사라지는 부메랑이 되곤 했다

돌아오는 삼각과 검을 지켜본 이들은 불 꺼진 무대의

박수 소리처럼 빛나곤 했다

이제 막 어두워지기 시작하는 세계에 누가 감히 빛을

던질까

우리를 에워싼 공기는 소리가 되고 먼 곳을 향해 솟

는 연기가 되어

끝나지 않고 지치지 않고 피어나는 여름의 꽃처럼 어

둠 속에 매번 만난다

빛을 모으는 사람

암흑에 예리한 모서리가 있음을 발견할 때 자신보다
그 옆의 허공이 먼저 웃었지

발견은 우리의 발끝을 긴장시키고 그 발끝에 현명함
을 부여하곤 했다

색채의 이름들이 떠도는 시간은 어두웠지만

우리는 한 번도 어두워지지 않았으니

동시에 암흑이었으며 뜨거웠으며

바위를 가르는 빛이었으며

부드럽게 유영하는 귀는 어둠 속의 밀도를 따르고

때로 많은 것을 잃고

끝이 없는 낭떠러지에 한 단 한 단 어둠을 디디며 내
려간다

계단 끝에서 바라본 녹음을 담은 물결을 건져 올린다

검은 일요일

작고 작은 사람 골짝마다 오르내리네

오르내리는 곳마다 실금들이 생겨나네

빛은 깊고 검은 곳에 오래된 것을 캐내고

주저앉은 자리의 습도와 경멸과 우울을 움켜잡네

기타를 메고 아는 숫자를 모두 모아 부르네

모두가 아는 숫자는 모두가 아는 노래가 될 거야

기타를 메고 창가에 앉은 사람 초록이 드는 방 안의
창을 떠나진 못하네

골짜기마다 드나드는 걸음의 깊이를 잊지 않았네

은화가 쩔렁이는 주머니를 움켜쥐고 달리던 밤에

죽지 않는 사람들의 신화와 공포를

탁자에 둘러앉아 개의 등을 쓰다듬던 남자들의 손등
을 두려워했네

작은 사람 다시 오지 않을 테지만

언젠가 그 골짜기에 검은 밤이 종일 내리면

빛이 지나는 자리마다 캐다 남은 노래들을 움켜잡으리

치마를 입고 무대에 선 어느 날

담배를 태우며 버스를 기다리던 밤의 침묵처럼

그곳이 어디든 무너지는 바닥을 딛고 서서 발을 옮기네

연기처럼 피어오르다

돌과 돌 사이에 뿌리를 내리는 작은 사람

개를 쓰다듬던 남자들의 손등에 불길이 너울거리고

탁자에 계란이 탁탁 깨지던 밤

이마와 머리카락이 연기로 상승하고 등이 닿을 듯 말 듯

검은 냄새로 차오르던 방

방 안에 골짜기를 넘나드는 작은 사람

어떤 벽들과 닮은 빛을 가지고 장면마다 감춰진 사람

개들은 들어가고 손등은 물러가고 흔들리던 등들이 허공으로 올라갈 때

창밖은 다시 바람이 불고 문은 열렸다 닫혔네

　사랑이 되기에 부족한 사실을 놓아두고 사라졌네

　모자를 쓰고 순무와 앵두를 먹으며 자라난 사람이
되어

　울타리를 나서네

　작고 작은 사람 오지 않았지만 흙과 돌은 닮은 빛깔
에 가두고

　골짝과 골짝 사이를 오르며 절망을 움켜잡네

　그림자들이 가득한 곳에 바람이 불고

　그 바람이 닿지 못하는 곳으로 멀어지네

넘기고 받으며

　나는 얇고 펼쳐진 것이야 편이야 오른뺨 왼뺨 넘겼다
다시 돌려줘 여름밤에 말하면
　슬며시 넘겨줄까
　너는 알아들을 수 있는 말로 이야기해달라고 하지만
　풀들의 뒷면처럼 깜깜해지네
　네가 알 수 있는 말의 뒤엔 내가 알 수 없는 세계가 잠
재되어 너는 영원으로 가는 편이야
　얇고 펼쳐진 것이야
　알아들을 수 없는 가능성의 세계가 결국 견고하게 되
리라는 희망을 품고서 돌아누운
　그러나 펼쳐진 것이야
　눈을 보지 않고서 말하는 밤이야
　묻고 싶었지만 묻지 않았던 컴컴한 속에 빛나던 사실

이야
 돌아보지 마
 네 등은 암청색
 그 밤을 달리고 있는 말들이 사라지지 않게

놀이터가 보이는 창

그것은 언제부턴가의 일이 아니었다. 오래도록 나무 복도에 흐르는 무늬를 생각해왔다. 내가 잠시 나를 떠나 있는 동안에도 생각하는 일은 유지되었다. 유지는 밤을 먹고 자라났고 오가는 그림자로 깊고 넓혀졌다. 달리는 곳에서 실제와 실제 아닌 일들이 섞이듯 복도 위로 그림자와 창문을 통과한 빛이 움직이고 있었다. 세계라는 말에 대해 알고 있었는지 모르겠지만 그 순간은 세계라는 말의 범주에 담길 만한 것이었다.

나의 세계는 너울댄다. 너의 세계는 상여를 가져다주었다. 그 복도에서 우리가 만났다 사라진 1984년 5월 너의 구두코와 나의 구두코는 논두렁을 뛰어도 분홍색이었다. 너의 뺨은 구두코의 분홍처럼 신선했고 망토를 두른 사람들이 검은 어깨를 가지고 저 먼 곳에 천천히 움직일 때마다 나는 네 손을 잡아당겼다. 조금만 이쪽으로 오면 될 텐데. 나 아닌 다른 사람들도 말했다. 조금만 이곳으로 오면 될 텐데. 조금만의 사이에 너는 발을 힘차게 굴렀다. 힘차게 구를 때마다 떨어지는 허공. 크게 웃었다. 망토를 두른 사람들처럼 하늘은 갑자기 어두워지곤 했다. 논두렁을 달려도 힘차게 발을 굴려도 어두워지는 것은 어두워졌다. 나는 움푹 팬 곳마다 들어가고 싶은 마음이 되었다. 그런데 왜 나는 네가 될 수 없는지. 나는 조금만을 아는 사람. 그런데 나는 왜 네가 될 수 없는지. 그것은 언제부턴가의 일이었다. 바꿔 말해도 바뀌지 않는 즐거움. 바꿔 말해도 바뀌지지 않는 즐거운 놀이 끝에 단단해지는 것, 나는 복도에 흐르는 무늬를 생각해왔다. 유지는 필요 없는 것들을 이고 유지된다. 단단한 것, 썩은 이빨. 세탁물의 쌓인 모양, 너의 세계가 나의 세계 없이 유지되어가는 곳

기슭 쪽으로 3

창이 열리자 내가 기억하는 마지막 사람이 신문을 덮고 일어나 창밖으로 나갔다. 신문은 창밖에서 날개처럼 펼쳐지지 않았고 활자들은 떨어지지 않았으며 마지막 사람을 실어 나르고 있었다. 목장의 울타리 밖에서 나는 얼마나 오래 서성였나. 사십 년간 꾸준히 목장의 기억을 더듬어왔다. 풀들은 울타리의 동쪽과 남쪽에 분포하고 소들은 아카시아 나무 아래서 비교적 습기에 젖은 풀을 뜯고 있었다. 나는 창을 닫지 않는다. 사십 년간 열려 있는 창밖으로 목장이 진행 중이다. 일몰엔 아이들이 잠시 나타났다 사라진다. 나는 목장을 유지하고 목장은 일몰의 아이들을 유지하고 아이들은 날들의 붉은빛을 유지하는 책상 위에 고대의 무화과와 둥근 유리 어항이 있다. 나는 기억의 바깥으로 밀려 나가지 않도록 그것들을 조심히 다룬다. 창밖의 가장자리는 부드럽게 펼쳐져 내가 떨어지지 않는 한 나를 유연하게 잡아두리라. 유리를 깨트리는 일은 일어나지 않는다, 파열음은 꿈에서 붙잡는 손길처럼 너의 유영하던 가장자리를 멈추게 한다. 팔을 잡는 촉감과 압력을 강물의 흐름이 넘치지 않기를 유지하기 위해 내내 연초록 배경을 만드느라 잠을 이루지 못하는 이여. 너의 꿈에 창이 열려 있는지. 네 꿈의 현실을 수면에 비추고 있는지 네가 걷는 개울의 수면은 어두운 물빛을 발하는지 스치듯이 수면을 날아가는 얼음 새가 저녁이면 날아오는지 묻지 않는다. 나는 창을 닫지 않고 신문을 덮지 않고 흠집이 가득한 나무 책상의 표면을 수정하지 않는다. 곳곳에 흰 눈이 묻어 있다, 내 가장자리에 생겨나 오래 입었던 딱지가 서서히 사라질 때 피부의 단면 같은 순간들을 거슬러 올라간다. 분량의 설탕과 얼음을 넣고 천천히 저으세요라는 말이 들려와도 나는 네 창을 수정하거나 젓지 않는다. 의지는 초록을 멈추게 하고 달리는 사람을 멈출 수 없게 하고 성내고 있는 사람의 얼굴을 벽에 가두었다. 연초록의 배경을 서서히 지우다가 만드는 사람, 천천히 걷는다. 기슭 쪽으로. 과거의 책상과 과거의 창들이 한때 열려 있는 곳에서 사람들이 불을 밝히고 술을 마시고 있었다.

회색 배는 정박하기 위해

밀고 단호한 추위에 갇힌 이름

검고 작은 알갱이들 모여든다

돛 위엔 여름의 가지들

문을 닫지 않는 사람들의 눈이 빛나고

밖은 흔들리는 선창을 향해 있다

놓인 것은 누구의 일부였나

검고 둥근 등이 느리게 모이고

검고 둥근 등이 느리게 움직일 때

탁자를 훑기고 가는

갈라져서 허공을

끝없이 스치는 빛

들어갈 수 없는 곳을 이전부터 향하므로

아이는 부러진 크레파스로 선을 이어간다

측량할 수 없는 갈색과 초록

저곳으로 가는 발들은 얼어붙을 땅 위에 닿지 않는다

단단한 것들이 어두워지는 소리

부서지는 것들

숲이 바다를 건너기 전 바람은 창을 쳤다

어둠이 알갱이를 헤아리는 사이

흰 물결 속 식을 마친

신랑과 신부가 배에 오르고 있다

지난여름의 돛이 섬과 섬 사이를 돌고

하늘은 눈꺼풀을 오래 뜨지 않았다

날이 풀리면 이편에서 저편이 또렷하게 보일 거야

끝에 매달린 갈색이 둥글고 두 개이다

낙담하는 빛

물결치며 흔들리던 창들과 떨리던 나뭇잎들
입을 향해 들어왔네
형태보다 소리가 앞설 때 귀는 짙은 녹색이 되고
연한 핏빛은 리을 리을 사라지며
피부마다 잠든 어두운 것이 눈을 떴다 감네
눈을 떴다 감으면 그것들이
하나인 것이 아닌
그것이 눈을 떴다 감는
오른편 왼편 나비와 감자
소거되는 모양들
캄캄한 곳에서 들어 올리던 네 눈썹과 이마,
그것들이 끝나고 식어가는 표정
토요일은 점점 무거워진다는데

비가 내리고 있었네
백 년 전의 방식으로 거리가 저물고
고요한 경합을 벌이는 사물들
아무것도 가장할 수 없다는 것을 모를 때
창에 드리우는 긴 회색을 원했네

공터

백자의 길을 걸으며 둥근 뚜껑으로 이뤄진 도시의 상
징을 지나치네

노래하는 사람과 질문이 많은 사람, 과실을 맺은 나
무들과 인공 폭포

우레탄 바위와 축구장의 잔디를 상징은 품지만 당신
은 그곳을 막 빠져나온 사람

검은 머리칼은 어디에든 묻어날 듯 짙지만

유압을 이루며 다가오는 공기와 당신을 지나치네

녹슨 철제들과 멈춰 있는 축구공, 아이가 없는 유모
차와 신발들

바퀴와 수레 위에 자라는 국화들

태양에 흰 잎을 내려놓는 망초들

버려진 틈에서 펄럭이는 신호를 수거하네

어깨를 쓸어내릴 때 가까워지는 죽음들

<u>스스로의 팔이 서로의 팔이 되듯</u>

공터엔 한 사람

말을 기다리던 사람들과 기다리던 말을 뱉지 않는 사람들

트랙터와 선풍기 멈추는 장소들

그림자는 정지하고 소리는 들어가네

국화를 실은 수레가 국화에게

아이가 아이의 아이에게 유모차가 발부리의 자갈에게

백자의 뚜껑을 열면

어둠 속에 머무는 소리들

솜털을 움직이며 공기는 이동했네

발걸음에 솟구치던 정적들도 장소가 되었네

너는 멈추는 것이 싫은 걷는 사람, 걸으며 허공에 정지하는 사람

뚜껑을 열고 상징 속으로 공명을 밀어 넣고 싶은 사람

공명은 공명을 부르는 것

죽음은 죽음을 완성해가는 것

딱딱한 손톱을 떨구네

추구할 것 없이 깊어지는 장소들에 흔적이 가능하네

가능을 믿고 신발을 털고 날개를 다듬는 사람들

저곳의 문들이 열리는 날

공터들이 한 번에 일어날 때

바퀴는 천천히 구르기 시작하며 사라진 악사는 돌아올까

노래는 끝에서 시작되며 사라졌던 아이는 발을 들어 올리고

잃었던 눈빛은 공터의 한 축을 바라볼까

흰 연꽃이 피어오르는 꿈속에서 공터는 입을 열지 않았네

그는 눈을 감는다

과거의 수도원엔 커튼을 반만 내린 식당이 있고 커튼을 반만 내린 식당에는 커튼을 반만 내린 식당을 위한 빛이 비췄다. 그는 이에 대해 자세히 알고 있다. 눈꺼풀 위로 드는 햇빛, 귀를 지나는 어두운 바람. 그는 천천히 먹는다. 낮이면 잠드는 가지들 사이. 눈 감으며 생겨나는 어둠의 온도와 수직을 버리며 먼 곳을 지나오는 상자들의 빛깔. 그는 예감하며 먹는다. 모퉁이를 돌면 생겨나는 비극의 예감. 죽은 동물에게서 흘러나오는 빛깔과 그 빛깔을 가지고 집으로 돌아간 사람들. 그 빛깔을 이고 잠을 청하다가 잠이 된 사람들

의식과의 싸움에서 그는 배춧잎을 뚫고 나아가는 애벌레가 되었으면 생각하곤 했다. 의지와 의식과 몇 번

씹으면 물이 될 섬유질에 둘러싸여 배춧잎의 서늘한 뒷
면을 눈감으며 생각했다. 한낮에 한 줄이 되는 움직임.
그의 뇌에는 심장과 일면식 없이 키워가고 있는 빛의
뒷줄 같은 주름들이 있다. 그가 지하철 입구를 향하는
구두와 대리석 바닥에 어둠을 바라본다. 나비들의 잔영.
떨어지는 것들이 있다. 테이블 위에 탄소들이 되어가는
물과 열과 빛 조금이 있다. 그가 떠먹지 않는 음식들

  만세를 부르며 말하는 남자가 열한 번째 도로를 가로
지른다. 말을 잃은 무리들이 횡단보도를 지나간다. 느리
게 먹는 사람을 입구의 사람들이 바라본다.
  입을 벌리고 가능한 의지를 뺀 나머지로. 기입되지
않는 속도를 탄생시키며 입으로 가져가는 사람

  그는 알고 있다. 눈감으면 생기는 물속의 빛을
  빛과 사건들이 뒤엉켜 책임을 다하지 못한 느슨한 순
간을
  그는 눈뜨지 않기로 한다
  끝나지 않는 한 점이 그로부터 시작된다
  한낮의 한 줄을 만드는 길고 초록이며 느른한 물체가

되어
　돌부리로 몇 번 찧으면 물이 되어버릴 흔적이 될 때
까지

이곳은 개울 비슷하게

파란 물이 흘러간다

파란 물이 흘러간다

뒤척이면 초록이 될 것 같은

흐름의 흔적을 쫓는 개처럼

파란 물을 쫓는 파란 물

개울가를 달리는 동물의 꼬리

흔적의 흐름을 흐름의 흔적을 흐름의 흔적이 흐름이

이어지는

가로수를 넘으며 파란 물이 흘러간다

흘러내리지 않는 수위를 지키는 파란 물

흐르는 것을 막는 이 없지만

검정의 너머에 사물들의 배치를 바꾸는 사람이 있다

파란 물은 흘러간다

파란 물은 눈이 없다

고안될 가치를 가진 바 없는 개념들이 생겨날 때 파란 물을 실패하지 않기 위한

안내서처럼 긴 막대는 파란 물을 섞고 섞는 것은 섞이지 않을 것을 외우는 것 유지하는 것

내가 파란 물에 대해 말하려고 하면

내가 파란 물에 대해 말하려고 하면

나는 파란 물에 대해 말할 수 없다

파란 물에 대해 말할 수 없는 시간이 쌓여갔다. 불그죽죽 쌓여갔다

흙이 패이도록 흐르는 파란 물에 대해 말할 수 없는 사람이 되어갔다

파란 물에 대해 말할 수 없는 동안에도 파란 물은 흐르며

수위를 지키고 가로수를 넘지 않았다

파란 물에 대해 말할 수 없는 불그죽죽한 것을 쌓아가다

파란 물의 구덩이 비슷한 곳에 이르렀다

그것은 끝없는 거짓말

파란 물이 아닌 것을 파란 물이라 우기는 것
아닌 것을 긴* 것이라 우기는 것은 무궁무진하며
능력은 상승했다

솟아오르는 말과 물의 감옥
파란 물의 소환은 감옥의 내부를 채우고 넘실대기 시
작했다
흐느낌처럼 방이 우네
흐느낌처럼 파란 물이 일시 옅어지네
재생되는 파란색과 본래의 파란색이 보이지 않는 경
계를 만들어간다
쉬지 않는 날이 없는 간수가 한 눈을 들어 감옥의 내
부를 들여다보지만
그가 보는 것은
고개를 숙이고 수의를 입고 무언가를 적는 머리를 깎
은 사람
그가 여자인지 남자인지 알 수 없지만
창밖으로 보이는 날씨가 남자라는 것을 그는 알아보
았다
파란 물이 흘러간다. 흘러가며 흔적이 흐름을 흐름이

흔적을 쫓다가

　파란 물이 고개를 숙인 곳에 파란 물이 멈춰 있다.

* 맞는

승강장

우리는 어떤 환상의 시스템을 결제 입력했다
천사가 살지 않는 통로가 없다는 말이
어두운 터널을 지나 들렸다

모음과 자음의 모음들을 지나
흰 옷을 입은 수녀들의 뒤를 따르는 빛을 지나
말의 값에 준하는 표준 연기가 오르자
말들이 일제히 입김을 불었다

어떤 나약함은 아름다웠고 어떤 나약함은 부족했다
　나무의 가지를 덮기에 충분하지 못한 비구름이 몰려
왔다
　발이 넷인 동물들은 서서히 뛰고

발이 둘인 동물들은 서서 있다

저기 부서짐을 기대하는 파란색이 온다

해바라기

파내고 파내어도 사라지지 않은 것이 짙다
여기 도착한
실종의 무게를 견디지 못하는 사람
삽을 뜨네, 저것에 닿도록 하자
닿아서 그것만큼 짙어지면 온도와 이 색과 깊이가 동
일하게

그곳에 갔다가 돌아오는 사람들은 발등을 덮는 짙은
색을 얻고
이런 일은 정말 싫어 말해보지만
그들이 묻어 있던 곳은 조금씩 사라진다. 커다란 꽃
들은 어쩐지 우리의 참담함을 뒤집어쓰고 백지 위에 그
려졌다 사라진 꽃들은, 맺혔다 사라진 이름으로 불리는

꽃들은 짙은 쪽으로 동일한 색과 깊이와 온도를 얻어서
갔다는데 우리는 왜 종일 털어만 내는가. 혀에 묻은 무
게를 덜어내며 노래를 하는 사람. 얻어야 할 색보다 짙
은 것이 묻어 내내 털어내는 사람. 묻어야 할 우울보다
깊어져 동물의 꼬리를 보며 일어나지 않는 사람. 더 깊
은 것은 위험해요. 모자를 씌워주며 사랑을 감추는 사
람. 기울어지고 있는 차양을 따라 하강하는 이 층. 우리
중 일부는 큰 꽃의 참담함을 대신 느끼죠. 천천히 썰고
단단해집시다. 밥상과 곧은 허리와 지켜야 할 예절이 있
는 곳. 의문은 저 꽃다발로 가득. 웃을 때마다 크고 쓸쓸
해지는 방과 같네. 빼곡하게 꽂힌 머리를 풀 수 없네. 그
곳을 건너 방문을 열면 푸른빛이 드는 긴 병이 있고 창
이 있고 거짓말 같은 곳이 사실은 가까워요. 목소리처럼
숨 쉬는 창문, 살구색 이마와 점점 빛나는 귀퉁이와 책
장들. 어머니와 아버지, 자칫 사라질 위기에 놓이는 바
위와 구름이 있고. 그곳에서 간혹 손등을 탁 맞았지만
우리가 그어가던 빗금은 가득해지는 중이며 점점 늘어
가는 실종의 무게를 견디다 못해 자신을 복사하는 사람.
녹아내리는 전봇대에 스스로의 실종을 가져다 붙이는
사람

꽃밭에 들어가 해바라기 줄기에 고무줄을 묶었지. 깡총 뛰려고 뛸 수 없는 것을 확인하려고. 사람이 없는 곳에 사람이 없는 것을 확인하려고. 탕 소리를 내려고 푹 꺼지려고 닿았다 놓치려고 네가 없었으니까 네 발이 되어줄 네 손이 되어줄 네 허리가 되어줄 깡총 뛰는 것이 되어줄 긴 꽃에 줄을 묶었지. 얼굴은 안 보면서 꽃은 얼굴이 너무 크고 나는 그것을 믿지 않았네. 믿지 않는 것은 모든 믿음이 없는 사람들의 특징인 것처럼 나빠지고 있었고 그리고 내가 뛰었을 때 긴 것이 휘청였네. 즐거울 때까지. 내가 어지러울 때까지 휘청이다 주저앉았네

너는 주저앉는 사람. 길고 긴 사람. 삽을 들고 땅을 내려다보네

고도가 높아지는 속에서

비명처럼 아득하게 주저앉고 있네

짙어가는 곳으로 이전부터 영영

단단한 마음

청회색 지붕들 왜 여긴 모두 모여 있는 걸까요

얼룩말들처럼 몰려 있죠 나뭇잎을 물고 있는 기린과
얼룩말들

하늘은 아무것도 하지 않지만 오늘의 날씨도 아무것
도 하지 않지만

하늘이 무엇을 할 것 같아 바라보는 것은 아니지만

그래도 일어나야 했던 일들이 무사히 일어났는지 묻
는 곳

당신은 회색, 벽면을 외우는 벽면, 무감한 자, 자신만
을 외우는,

커튼을 열어젖힌 낮의 기록들, 무너진 책상과 열려진
사이로 드는 바람

의도치 않게 나빠지는 틈들, 양의 흰 이가 보이고 그

것을 본 사람은 죽고 만다는 속설이 만들어지고 있는
서랍 안에 층층으로 어둠이 쌓이고 별들은 모습을 드러
냈다 사라지길 반복하고 귀여워지고 있군요. 흰 이는 반
짝이는 것은

　당신은 어디에나 있습니다

　빛을 만든 이도 당신이며
　빛을 거둔 이도 당신,
　당신을 통해 과거를 복습하고 복습을 통해 지금을 일
으키는
　과거의 대과거와 담장을 넘나드는 면들로 이루어진
　그 나무는 가지 끝에 빛을 틔우는가요
　얼굴을 가리고 걸어가는 그 등을 비추는 밤의 가지들
　저 참혹을 지우도록 우선 창문을 만듭시다
　창문이 있어야 목소리가 생기지요
　있어왔던 대패질 있어왔던 갈리는 밤
　목소리가 생기면 슬픔이 일어납니다
　일어선 물결 사이로 숨이
　포말 속에 가라앉는 눈빛이
　의도치 않게 부서지는 숨들, 바다 생물은 느린 지느

러미로 멀어지고

　사랑을 하는 눈동자에는
　걸어가는 사람들의 옷자락마다에서
　물이 묻어납니다
　그곳을 통과한 사람들이 걸어갈 때
　떨어지는 것들은 외면하는 어두운 흐름입니다

　어떤 말들이 오가는 동안 나는 잠이 들었고 술자리는
사라졌다
　사라짐을 반복하는 것이 술자리였고 있었던 의자들
과 깨졌던 그릇과 흘러내렸던 머리카락과 시선을 가졌
던 눈들과 나머지의 나머지의 나머지로 손톱과 파내던
귀퉁이와 그 모든 것을 감싸 안고 싸늘해지는 가장자리
끝에서
　태어나는 창가엔 새 한 마리가
　딱딱한 부리를 지치도록 외웁니다

　반복의 무감함 자신을 외우는 일, 잎을 물고 서 있는
동물들과

네 다리를 바라보는 슬픔으로 나빠지지 않게 해주시고
슬픔으로 나쁜 일을 하지 않게 하시고
슬픔으로 나쁜 일을 저지르지 않게 해주시고
아래로 떨어지는 잎사귀들
일부는 먹히더라도 일부는 남게 하시고

나뭇잎이 쌓이고
층층의 어둠에 별을 내달던 서랍 속의 틈들도 메워
지고
아무도 과거의 기미를 보내지 않을 때
귀를 잃은 것은 별들의 나머지가 됩니다
돌아갈 곳이 없으나 돌아가야 하는 이들의 행렬은
끝나지 않습니다

어떤 새를 그리느라

전화가 오면 말하려고 했어

어떤 새를 그리느라 오늘 나갈 수 없어

전화는 오지 않지만 나는 말하네

창은 얇고 하늘은 가느다란 구름을 담고

마른 새를 그리는 동안

소리들은 침잠하는 중이며

초록은 거처를 찾는다고

고개를 수그린 어두운 사람의 얼굴을 내 것으로 삼고
있어

그것이 마른 새와 어떤 고향의 의미를 공유하고 있는
지 알지 못하지만

어머니와 아버지와

형제와 식솔과 오두막과 숟가락 같은 낱말들을 배

울 때

 나는 불행을 행하는 사람이었네

 마른 새를 그리는 중이라서

 약속을 어기고

 새끼를 꼬는 중년의 다리 사이로

 너울지는 빛의 양을 훔치지 않고

 구덩이에서 자라나고 굵어지는 마늘의

 명암을 벼려가며

 기다리는 중이네

 선이 하나 필요하다

 눈이 하나 필요하다

 말할 수 있는 입이 하나 필요하다

 그러나 그것은

 부리를 가지지만 입은 가질 수 없다

 입은 가졌으나 부리를 가질 수 없는 무리들이 걸어

가네

 점심을 먹으러 나는 점심을 먹으러 갈 수 없어

 마른 새를 그리는 사람이 되었고

 나는 마른 새에게 마른 나뭇잎을 물려주려 하는데

발뒤꿈치에서 자라나는 생각이 생각났네
생각이 생각을 누르느라
퍼렇게 질려가는 것이
내 가장자리 왼편이 되는 것은 모르고 있었지

나는 마른 새를 그리는 것을 멈출 수가 없어
우리의 악수가 꿈에서만 이뤄진 후로
마른 새에 대한 생각을 접을 수가 없고
내 손톱은 자라나지 않는 선을 거머쥐려 하네
나는 방법들을 모으고 모으며
모르는 시간을 모으고 모으며
한결같이 모으고 모으며
흰 것은 빈 것이 아니었고
물빛은 빈 것이 아니었고
한 선은 한 선 외에 빈 것이 아니었고
눈빛은 한 선 외에 다른 것이 아니었고
장작더미들의 안간힘은 다른 것이 아니어서
구덩이의 명암은 둥글어가고
나는 어긋난 날개를 젓는 새를 그리는 중이네
너무 빨리 움직여 비대칭을 눈치채지 못하고

서늘하고 부드러운 쪽으로 내가 고개를 수그리면

스며 있던 습도들이 몰려가네

약속은 잊히고 착한 것들이 날개를 젓네

언니 나는 언니를 알아

나는 쓰레기통을 비우러 쓰레기장에 갔어. 언니가 코스모스 옆에 쪼그리고 앉아 무엇을 닦고 무엇을 먹고 무엇을 닦고 무엇을 먹고 무엇을 닦고 먹다가 가을이 된 사람처럼 언니는 어떤 냄새가 되어 나는 언니를 알아

다른 사람 집에 다른 사람이 쓰는 변소를 변소는 벽이 갈라지고 흙이 떨어져 손을 넣으면 부서지고 떨어지는 것들이 많아 그것을 할까 말까 하다가 무서움을 놓치고 마는 변소가 녹지 않은 겨울에 나는 앉아서 잠이 들었어

잠 속에서 갈라지는 것은 어떤 선택과 어떤 미약한 의지. 나는 졸다가 깨다가 다리가 아파서 일어나지 못하다가 쥐를 보고 언니를 생각하고 냄새가 된 언니를 떠올리고 나는 일어나지 못하다가 아버지와 어머니가 바

보인 어린애가 저벅저벅 걸어가는 돌담 너머 윗길을 쳐다보고 무너지는 흙벽에 손을 넣을까 말까 누구를 부를까 말까 나는 언니를 알다가 염소를 알다가 염소의 뿔을 알다가 염소의 음성을 생각하다가 염소의 노래의 무서움의 새까만 것을 흔들다가 나는 대부분 언니를 알지만 새까만 것을 흔들면 나는 새까만 종이 달린 막대가 되나 웃다가 조금 울어보다가 울 줄 아는 것도 웃는 것도 슬퍼지면 나는 다시 다리가 아프다가 누굴 부를까 말까 하다가 언니는 왜 염소가 되어 쓰레기장 옆에 작은 구덩이를 파고 언니는 그곳에 누워 언니는 눈이 까맣지만 그래도 염소보다 까맣지 않았지만 흰 털을 발견하면 알려주려고 했어. 우리는 탈출을 계획하는 사람, 밥을 먹는 것도 염소를 보는 것도 염소를 잡는 것도 염소를 먹는 것도 염소의 뿔을 떠올리는 것도 탈출을 위한 것이니까. 언니는 무엇을 닦고 무엇을 먹고 무엇을 보지 않고 무엇을 보이고 그러다가 흙을 파고 언니는 그렇게 보이지 않는 것까지 되도록 얼마나 오래 뿔보다 오래 언니는 탈출을 계획했나 그러나 계획이 없어지고 탈출이 없어지고 구덩이에 흰 것이 차고 언니는 무엇을 닦다가 닦지 않은 것을 또 닦다가 언니는 무엇을 먹다

가 먹지 않은 것을 먹다가 나는 언니가 보지 않은 검은
불, 새까만 것, 옆에 붙어 아직도 다리가 아파 나오지 못
하다가 잠이 들었다가 어머니와 아버지가 바보인 그 애
를 부르려다가 그 애가 사라지는 윗길을, 돌담 위로 걸
어가는, 길어지고 소리가 나는 길에 드는 검은 뿔들을
세다가 언니를 알아. 코스모스 피던 언덕엔 쓰레기장.
연기가 피어오르는 곳에 가을이 된 언니가 누워 피어오
르겠다고 나는 염소의 눈보다 창틈에 끼인 밤보다 새까
만 것을 흔들며 지나간 사람들을 보았어

목각

성긴 나무들 아래
아이들이 앉아 있다
우연의 세계처럼

모든 장소에 있으며
사라졌다 일시에 나타나는
인사말을 닮은 형체
낮은 둥글고 매끈하며 아이들은 흙으로
사람을 빚는다
흙을 빚는 아이를 보며
너의 말을 떠올렸다

안녕, 너를 떠올리다

죄책감을 느낀다
죄책감을 느끼는 것보다 떠올리는 것이
어쩐지 죄에 가까운 것 아닌가
부정할 때마다

수면에 비추인 그림자

그 안에서 웃다가 지워진다
여름날 챙이 넓은 모자를 쓸 때마다
시냇물을 건너는 것 같았다
발을 얹는 흐름이 있고 뺨을 찌르는 가지가 있고
마르고 아픈 머리에 환한 관을 쓰며
나는 왜 계속 어린 사람일까 물으며
자연을 걸을 때마다 자연을 통해
살에 와 닿는 감촉들은 어두웠으니
물이 닿는 곳에선 어느 쪽으로 가도
네가 사는 동네에 다다를 수 없었고
서늘하고 캄캄한 물빛은
가야 할 곳과 가지 말아야 할 곳을 흔들고 있었다

물 안으로 사라지는 빛이 있고
손가락이 있고 웃음이 있고 돌멩이가 있고
네가 일으킨 파문을 삼킨 힘이 바로 그 속에 있지 않
겠느냐
어째서 발은 꿈에서만 스스로 돌아가는 힘을 가졌던
걸까

이곳에 있으며 저곳으로
시냇물을 건너는 것 같다
시냇물은 누구나 건널 수 있으며
시냇물을 따라 흘러 내려오는 것들이 많았고
떠내려오며 젖는 것을 보지 않았다
그러나 수면에 그림자
그림자가 물에 있으니
영상은 어둠으로 어둠을 만들면서
어둠 안으로 웃음처럼 길을 놓았다
발을 걷어 올리고 시냇물을 건널 때
어린 나는 관능과 죄책감을 느끼지 않았을까
아이들은 여전히 흙을 빚는다
햇빛은 아이의 등 위에 물결처럼 아른거리고

구경하던 노인이 침을 뱉고 의자에 눕는다

노인은 의자를 의지한다
아이의 손은 흙을 의지하고
손은 아이의 영혼을 의지하고
흙은 무엇도 의지하지 않는다
이름들처럼
흙에서 태어난
이름들처럼

아이들은 처음으로 사람을 빚고
식물을 빚고 바구니를 빚는다
담고 건너고 건너며
무엇을 의지하기 위하여
어느 쪽으로도 집으로 향한 길이 없는 시간에

성곽 산책

어느 밤

하늘엔 공들이 왔다 갔다 하지 않았고 공들이 왔다 갔다 하는 것 같았고 네 눈은 많은 것을 담으려는 의지가 있지만 네 눈의 일부는 회색/일부는 갈색/일부는 또 다른 것의 일부는 깨어진 뒷면들에 머무는 깨어진 것들이 뒹굴고 있을 때 나는 나의 비밀에 대해서 말해야 한다는 걸 알았어

무엇을 비밀로 정할까? 풀벌레 소리가 숨어서도 숨겨지지 않는 빛을 발하고 있듯 나의 비밀은 나를 사로잡지 못한 사람들의 밤을 지날 때 쓰러져 소리를 내는 그림자가 되었다

자전거 바퀴와 새로운 그늘, 음률의 속도를 생산하는

어둠이 한 줄 한 줄 밀려올 때

　너는 명치를 앓는 사람이 되어 바닥에 엎드리고 엎드
린다. 그것이 놀이가 될 때까지

　즐겁지 않은 날들을 기록하지 않았던 것을 후회한다

　이제 죽으면 다신 보지 못할 텐데 내가 죽기 전부터
당신은 내 죽음이 슬프지 않은가

　찢어진 책장처럼 나는 이제 한곳이 되네

　그리고 내가 밟아대던 남의 슬픔이 어느 날 깜깜하다

움직임

회색이라 말하기 전에 물에 다가가는 손. 손을 담그고 난간에 기대어 앉은 허리. 흐려져가는 난간과 휘어진 빛. 식어가는 청색. 청색을 입히기 전에 난간을 향하는 눈. 그 눈의 시선을 알기 전에 가지를 엮는 구조들. 상 위에 앉아 없는 이름을 부르기 전에 나를 끓어앉힌 빛

맞고 울던 이불 속에서 내 가슴에 손을 밀어 넣던 네 기억 속에서 기억과 섞여버린 바람 속에서 나쁜 빛을 모조리 보고 있다

있어야 했던 것들과 생겨나지 않았던 일들과 생겨남으로써 미궁을 얻은 탄생과 옅은 초록 가지를 얹고 조용히 눈을 닫은 철제 대문들 속에서 회색과 청색의 사람들이 흔들린다 말한다

냉혹하고 무참한 걸음들이 천천히 스며드는 어스름.
너는 네가 그것을 원하지 않는다면 모조리 내 것이 되
길 원하겠어라고 말한다

창이 흔들리고
어둠이 흔들리듯 창은 흔들리고
더 깊은 나무의 어둠이 스미는지
모서리가 떨어져 나간 창문에 기대어 너는 말을 하지
않고

네가 거기 묻어 있다는 듯이
창문은 너를
세상이 너를 놓치려 하는 듯이
푸른 잎이 한시도 나무의 것이 아닌 양 흔들리듯이
어떤 것이 어느 날 돌아와 묻었다가 떨어져가는 중
이다
어느 곳의 흔적이던 것이 어느 것이 되어 너를 훔치
는 중이다

내가 그곳을 떠난지 모른 채 너는 그곳을 서성인다

마치 내가 여전히 그곳을 아름답다 여기는 것처럼
어떤 악의가 없이 꽃의 색깔이 변해가는 것처럼
누군가 가던 길을 바꾸어나간다

모래를 옮기는 모래 사람 모래를 옮기는 모래 사람
아이가 앉아 노래를 하고
나는 얼마나 오래 나를 쓰다듬고 있나
손등에 모래를 덮을 때마다 내가 쓰는 나는
멀어진다

너는 내게 모자란 꽃을 주었고 나는 모자란 꽃을 받
은 매일에 대해 모자란 꽃이 자라는 우리에 대해 모자
란 꽃이 되는 꽃들에 대해 어쩌다 보면 생겨나는 꽃처
럼 생각에 잠긴 물처럼 잠시간 수면이 된다. 네 꽃은 네
그늘이 되었다. 깊고 서늘한 곳마다 자라나는 식물이 있
는 것처럼 비어 있는 곳에 자라는 다른 사람의 슬픔이
있다

풀리는 사람

수평선을 타고 갔네
수평선은 연장되어
천장 가득 풀어놓은 새 떼들에 머리를
부딪히며 눈을 떴네
코스모스 흔들리고
수첩은 낱장으로 흩어지고
냄새를 남긴 누군가는 작별하지 않고
자취를 감춘 것으로 자신을 드러냈네

끝 음들이 유리창을 깨고
온도를 끌어모은다
누군가는 어금니를 앙다물고 끈과 끈을 잇는다
남김없이 써버린 후에 이 세계를 돌려주리라

생각하지 않았지만
조여들고 묶인 손과 발들이
단단한 그림자를 이루었다

뿌리를 잃는 것이 어찌 가능한가요
어느 날의 꿈속에서도 너는
존재하지 않는 자가 될 수 없으며
산란하는 빛에도
그 빛의 가닥마다 뿌리가 있어
허공에 자라난 물질들을 회상한다

흐릿한 저녁 물오리의 먼 노랫소리가 창을 건넌다
수만을 내려다보는 눈길이
물 위에 노를 젓는다

간혹
소리 나지 않던 너를

너는 있다 없었다 있다
두 번 말하면 사라지는 것들의 목록을 적어간다

가족들이 일터로 떠난 후
너는 모퉁이를 만들고 그 모퉁이에
잘리거나 부서진 조각처럼 너를 앉힌다
너는 잊었니 무엇을
너는 보았니 무엇을
나뭇잎의 초록에 가라앉는 미소를
죽음처럼 딱딱한 미소가
마지막 악수가
되어가는 것을
너는 잊었니 무엇을
초록은 묻는다

그늘마다 조용히 내려앉던 흙의 미소
잡힐 것 같던 생을 잃은 사람의 목소리를

*

초록은 정교함이며 초록은 죽음이며 정교함을 느낄
때마다
무엇이 죽습니다

빛의 배음이
날들을 이루고 당신은 걷는다
두 번 말하면 사라지는 것들을 기억하고 한 번도 말
할 수 없는 것에 대해
사고한다

초록은 정교함이며 초록은 죽음이며 정교함은 혀 아
래로 찾아오는 고통이며 고통은
지평선 아래를 지난다

교차는 모두 지하에서 이루어지고

너는 잊었니 무엇을
무엇을이라고 말할 때마다
날아가는 것들
너는 잊었니
무엇을
두 번 말하게 될 때,
거울의 뒷면이 되어가는 움직임을

어떤 슬픈 얼굴

검고 윤기 나는 빛처럼 부유한 시절의 방문객들이 허공에 선을 그리고 내려앉네

높이 오르는 시선 아무것도 태우지 않고 흔들리는 여름

그가 방문을 열려 할 때 함성 소리가 들려오던 어느 날의 밖이

파란색을 던져 입힌 듯 그는 며칠 낮과 밤을 파란색에 쌓여 움직이지 않았다

목에서 가슴으로 이르는 곳에 색을 가진 것 같았다

가득한 색을 입은 채 움직이거나 어딘가에 묻힐 용기나 생각은 없었다

다만 그는 원하는지 원하지 않는지 알 수 없는

어떤 색을 얻었다는 것만을 알고 있었다

밀려 나오는 물이 어쩌면 가장 자신이기도

하다는 것을 알게 되었다 그가 방을 나서려 할 때

배들은 뱃머리를 모으며 빛으로 각을 이뤘다.

그것은 어두웠지만 각을 이뤘기에 빛을 얻었고

먼지들은 내려앉으며 모퉁이를 향해 서로를 밀고 있

었다

그의 검은 머리칼은

공중의 암석처럼 굳건해 보였다

사람이 줄어가는 해변에 입을 다문 조개처럼

그는 바람을 맞으며 입을 다문 조개나

방향을 바꾸는 절벽이나 암석이 되었고

그의 머리칼 또한 마찬가지였다

사자의 어슬렁거리는 발자국이

저녁나절 그의 방에 어스름처럼 깔려 있고

창가에는 거미들의

느린 식사가 진행 중이었다

그는 그것을 볼 때마다 눈을 꾹 감으며

미간을 찌푸렸다

그의 등은
태양을 보이는 무엇과 같았다

그가 방문을 열려고 할 때마다
천장 구석에 날개를 접고 있던
검고 윤기 나는 깃털 새가 날개를 들어 올리고
오므리길 반복했다
날개를 접은 새의 아래엔
낮은 테를 두른 그릇이 놓여 있었다
그는 섣불리 말하지 않았고
모든 일에 말을 하는 대신
흐르는 발밑에 그림자를 보았다

어떤 것도 말할 수 없지만
말하는 것 같은 느낌이 내내 그에게 있다
　새의 날갯죽지가 위로 솟아오르다 내려앉을 때마다
마치 그의 어딘가에
　고여 있던 물이 밀려 나오는 것 같았다
　그는 문고리를 잡던 손을 조용히 내려놓았다 썩어가
는 밤의 색, 그것이

말라가는 것인지 살아가는 것인지 알 수 없는 풀의 색
그는 생각했다
읊조림에 가까운 노래들과 소리들 어느 날 방문을 열
때마다
마주하는 낮은 책상에 흐르는 움직임
그의 손등을 덮고 있던 수건과 노트에 적힌 몇 개의
숫자와 파란색
보고서 본 것을 말하지 않고 수십 킬로를 지나가고
있는
폐차장으로 향하는 버스의 회색

기억의 총합이 어떤 유일함이 되어가는 것을 두려워
했다. 어떤 것들의 총합도 회색을 비껴가지 못하므로
알고 있거나 알아가는 것을 멈춰야 한다고 생각했지
만 방문을 열기도 전에 도착하는 것들이 도착을 멈추지
않으리란 것을 알고 있었다
그는 갇혀진 경험과 시간을 만드는 것을 그만두고 싶
었지만 어떻게 해도 멈춰지지 않는 것이 두려웠다
벽마다 들어 있는 붉은색이 멈출 수 없는 불공정한
의지처럼 그를 밀어 올렸다

그는 도착하거나 나아가지 않는 윤이 나는 검은빛을
희망했다

날들

어떤 천박한 선언을 되풀이하고서 쇠약해진 자들은 그럼에도 지치지 않는 강한 빛을 뿜어내고 있었다. 너는 거리를 빠져나오며 커브를 돌 때마다 생각한다. 너 자신과 네가 본 것들이 그 빛 속에 포함되는지 혹은 빛 너머에 있는지 너는 그 빛에 비추인 반영인지

어깨를 추켜올리다 떨어트린다

너는 말할 수 없는 사람이 될 것이라 직감하지만 직감은 직감하는 순간 일시에 꺼진다. 직감의 아래에 악어가 산다 해도 그것은 달라지지 않는다.

너는 그러나 직감과 직감의 아래에 사는 악어를 의식하고 있었던 것처럼 악어를 살해할 계획을 위한 산책을 한다. 산책은 산책의 길이 있어 산책을 하면서 너의 계획은 수정되거나 산책의 길에 회유당하며 실패하지만

산책은 살해를 계획할 산책임엔 틀림없다. 그러나 너는 직감의 더 아래에 사는 악어와 그 입안에 든 혀의 움직임과 그보다 더 아래에 엎드린 등을 알고 있으니 너의 계획은 사실 네가 살해를 저지를지 모른다는 두려움에서 나온 것이란 걸 알고 있다. 직감은 알고 있는 것이 아니니 너는 어떤 것도 다시 말할 수 없는 사람이 된다. 직감을 알고 있음으로 오인하는 이들은 여전히 지치지도 않고 붉고 푸르딩딩한 빛을 뿜어내는 충분하고 남아도는 선언을 하는 중이다. 그것은 높은 곳 나뭇가지에 펄럭이다 걸리거나 찢겨도 그 정체를 잃지 않는다. 최초의 음성이 의지의 실현을 보여주기 위한 근본의 색깔이라면 그것의 근본은 너무 분명한 것. 너는 다시 어두운 혀 밑에서 냄새나는 살 찌꺼기 안에서 스스로를 들어올려야 한다는 사실을 안다. 그것은 직감인가 아는 것인가 본능인가 생각하지만 이빨과 이빨 사이의 가느다란 틈을 교합하는 집도의처럼 너는 그것이 감과 능과 행의 사이에서 슬그머니 들어 올린 것처럼 감춰지고 들어 올려져야 한다는 것을 안다. 너는 실의를 경험하는 사람처럼 돌부리를 찬다. 너는 너 자신이 저 얼굴들에 들어 있는가 안전한 곳으로 나와 있는가 그것이 비추는 희생양

인가 가늠할 길이 없다. 실의를 모르지만 돌부리를 찰 때마다 실의와 성공을 경험하는 산책처럼 이제 산책은 산책의 길을 가고 너는 아직 악어를 잊지 않았다는 기쁨에 겨워 자신도 모르게 발에 힘을 가한다.

그러나 곧장 너는 아주 작은 것에 도취한다. 그것은 적의나 선언이나 정의나 본능과 상관없이 찾아온다. 그것은 풀숲 아래 놓인 어떤 기미에서 시작되었다. 너는 풀숲 아래 누운 것이 작은 짐승이며 그것이 죽은 것이기를 바라고 있다. 쥐어짤 것 같던 가슴은 처음으로 풀려나며 가볍게 뛴다. 덤불숲에 누운 작은 짐승이 죽은 것이기를 바라는 마음을 작고 단단한 이빨을 너는 숨기고 있다. 걷어찰 돌부리들은 널려 있고 태양은 갈라진 천 조각들을 골고루 비추고 있다

기슭 쪽으로 1

흙 위로 떨어진다

흙 속에서 밝아지고 밝아진다
그것이 드디어 감나무 잎사귀가 되는 날
꿈은 온통 환해질지 모른다

서로를 수식하던 사이가 맞나요

꼬리는 회백색 가지에 머물던 유월을 닮고
눈알은 잠에서 깨어난 개울 같아
숲의 동물들이 활달하게 움직일수록
혼자이고 미세하고
너는 빛난다

올이 풀려가는 어둠이
뿌리와 가지가 맞닿은 자리에
푸르스름한 것을 놓기 시작한다
깃털마다 희게 놓친 눈들이
밝아져 나온다
소음들을 지나쳐 가야 했던 어둠엔
흐릿하게 젖어 알아볼 수 없는 것들이
아름다움으로 번지고

빛이 넘어지는 것처럼 기슭은 기슭 쪽으로
스러지는 것들은 저무는 혀가 됩니다

모조리 가져가려다 대부분을 남기고 저무는
세계, 검은 동공 안에서 말린 등을 보이는 혀
걷고 서는 반복의 허무함을 무렵의 행렬들이
바라봅니다

물에 젖은 낙엽 위로 기화하는 열기들이
숲의 원형을 새로이 품듯이
숨을 이어갈 때마다 토해져 나오던 가늘고 긴,

숲이 행하는 노력의 실체들

침묵은 초록의 경계 위에
동그라미를 만들고
풀숲의 기미들은
없는 시선에 자취를 감추는
연못 위로 드는 한기는 누구의 손이 거두는 것일까
기슭 쪽으로

새의 비행이 낮게 이어집니다
동물들은 어둡고 새의 날개를 닮아갑니다
그 눈은 날개가 되어갑니다

밤과 달

감나무 잎사귀의 뒷면을 어루만지면
나무의 눈꺼풀이 만져지지
너는 밤을 좋아하지 않았지만
말의 미지근한 온도를 나르는 표면으로
달은 유용했다
곧고 흰 것은 아름다울까
그것이 곡면이라도 우리가 달을 바라볼 때면
곧은 것을 누워서 바라보는 것 같구나

바라보는 곳들마다 곧 밤이 된다
도착하거나 도착 중인 것들
꾸준하게 오르는 어둠의 곡면
그리고

너의

등허리에 닿았다 떨어지는 소리들

바닥을 딛고 올라오는 소리들

곡면의 어둠을 품고 오는

무엇이며 누구이며 무엇이었던

문 앞에 선 그림자처럼

직전의 누군가 불리우기 전

물이 든다

등허리를 오르는 머리칼의 음영과

복도를 가르는

복숭아 냄새와 입을 떼지 못하는 표면들의 움직임

움직임이 새겨져 흐르는 벽면의 아침과

도시락을 나르는 아이의 조용한 걸음

나는 너에게서

너에게로

너에게로 벽들을 건너

너에게

등허리들에 말을 건넨다

쓰다듬고 싶은 등허리들이 밤의 나무들처럼
문 앞에 도착하길 거듭하고
나는 무엇이며 무엇이며 무엇이 되지 못한
것들로
거기 있기 직전에 있다

어떤 검정은 지나쳐 가야 한다

노트 위의 글자 위로 그림자가 지나간다

자세히 생각하느라 분노할 시간이 모자란 사람이 있다

들어가면 오래 나오지 않아도 될 방이 있으며 창이
있다

방문을 열면 새들이 가득하고 유리에 부딪히는 소리
또한 가득하다

거센 소리들이 일어날 때면

자음이 떨어지는 것이 아닐까 그는 머리를 쓰다듬고

건져지지 않을 것 같은 몇 개의 낱말들은 손바닥 위
에 놓여

그를 바라보곤 했다

가는 철사로 이어지는 차고 단단한 공기

그와 낱말 사이에 새 울음의 조밀한 높낮이들이 다른

선을 만들었다

선과 선들은 생겨나고 이어지고 방향을 가르고 수개
의 대각을 만들며 천장에 이르렀다

그가 방에 들어와 나가지 않는 시간이 길어질수록 천
장은 닿을 수 없이 높아져갔으며

선이 깊어질수록 과거로 가는 듯 나오는 길을 찾기
어려웠다

긴 자루를 가지고 온 누군가의 손짓이 방 안을 가로
질렀다

몇 개의 선들은 시곗바늘처럼 떨어져 내렸다

빛을 더 들이기 위해 휘저은 자루는 높아지는 천장을
부쉈고

이제 더 높아질 수 없었다

새된 소리들이 맞부딪힌다

그는 고개를 숙이고 머리를 감싸 쥔다

발목까지 물에 젖은 채

영광의 순간은 동시에 참혹함을 불러일으키는 것

천장은 높아질 수 없지만 소리는 함성처럼 보이지 않

는 구형의 천장을 만들었다

　어떤 순간이든 저 소리에는 비밀을 이야기하는 속삭임이 들어 있다

　커져만 가는 속삭임 속에 버려온 소리를 찾아내며

　그는 오래 생각한다. 오래 생각하는 것만이 할 수 있는 유일한 방어인 것처럼

　공기에 저항하듯 떨어지는 선들을 막아내듯 생각을 지속시키기 위해

　머리를 감싼 채로

　방 밖을 지나가던 대화들과 천장에 부딪혀 날아가던 선들

　해독되지 않아야 할 풍경과 이야기를 숫자로 환산하는 이들의 손가락은 바삐 움직였다

　그것은 그 자체로 아름다웠지만 그의 머리를 감싸는 손가락들 역시 그 자체로 아름다운지

　그는 알 수 없었다

　새들의 심장이 뛰는 리듬을 옮길 수 있을까

　무형을 향해 나아가는 선들처럼 지속된다

바라보며 사라지지 않고 커지거나 작아지지 않는 검
은 눈동자들은
왜 아무것도 원하지 않는가
정지하는 순간과 사라지는 순간에 빛들이 섞인다
높이 우는 새들의 슬픔과 선들의 추락하는 기쁨이
물 위에 비추인다
숫자의 검은 면들은
눈을 감고 잠잠하게 빛난다

물결들은 자물쇠를 열고

당신에게 갈 수 없는 날들이 늘어갔네. 많은 불이 일었네.

버드나무 가지에 눈이 생기고 수면에 떠오르는 빛은 자물쇠가 되어 침잠을 일구고 침잠을 묻었네. 어느 날의 당신이 보인 입술과 이마에 견고한 파문이 생기고 있을 때 숲을 걷던 이는 아이일 적 자신을 떠올렸네. 달빛에 갈라지는 머리칼들. 등이 꺼져가는 호수 너머 집과 창들이 흔들리듯 사라지지 않았네. 도로 위에는 나무로 만든 상들이 있었네. 나무로 만들어진 상들이 어디서 온 것인지 아는 사람은 없었네. 묻어나야 할 어둠이 충분하지 않아. 노래는 끝나지 않고 거리를 덮고 있네. 이끼와 회향나무 가지 끝에 비벼 끄다 만 태양이 묻어 있어. 노래는 거리에서 끝나지 않았네. 그리고 아무도 잠그지 않는

물결

　　소리가 저무는 곳에 있는 동안 어떤 그리운 것들도
떠오르지 않았어요
　　입이 나온 소녀들이 앉아 뜨개질을 하고
　　잎이 줄어들고 있는 나무 위로 바람이 불었어요
　　소리가 어디서 시작되었는지 모른 채
　　치마가 줄고 있어요
　　멈추지 않는 동작들로 줄어들고 있는 것은 무엇일까요
　　바람이 불어올 때마다 시작될 것 같은
　　먼 곳의 불행이 우리의 치마폭을 건드리지 못하고
　　자라나는 이야기들 속에서 당신이 마치지 못한 일들을
　　서둘러 밀봉할 때
　　왕의 자리에 오르려던 자가 딛을 자리를 놓치고
　　은초록 휘장이 한 줄로 바람을 가를 때
　　엎드려 울고 있는 잎사귀마다
　　줄어든 감탄을 도려내고 있는데
　　아직 썩지 않은 감자는 그늘을 지키고
　　일어나지 않은 초록이 그늘의 그늘을
　　어루만지고 있어요

소녀들의 시작이 끝나지 않았고 앉아 있는 자리에 소리가 늘어가요

소리를 짊어진 낙타처럼 몇 개의 건물 사이로 구름이 지나갑니다

부러 인사하지 마세요

기타를 들고 온 사람이 아직 사라지지 않았으니

보름달을 채우는 풀벌레의 소리들이 시작되는 동안

어떤 계절도 도착하지 않고 거울은 깨지지 않았어요

당신도 그곳에 머무는 사람인가요?

저 접시 위에 담긴 조각 난 케이크를 사러 온 마지막 사람이 나일지도 모르겠어요

노래를 잊지 않으려고 되새김질 하는 입처럼

어떻게 쓰일지 모르는 노래들이 여기서 시작되는 동안 그것만으로 채워지지 않았던 일들이 여기 있어요. 여기에 있는 동안 줄어들지 않아요. 그것이 줄어들고 사라지는 일이라면 아마도 더 슬픈 노래의 시작을 알았기 때문이죠

기타는 사라지지 않았고 노트는 펼쳐진 채 있어요

바람은 숨을 고르고 돌들은 재채기를 준비해요

더 익숙한 그림이 올 때까지 기다릴 수 있나요

더 익숙한 그림보다 더 익숙한 그림이 올 때까지 기
다릴 수 있나요

저 익숙한 그림보다 더 익숙한 그림이 낡아질 때까지
자리를 지킬 수 있나요

물결 위로 수만 장인 자물쇠가 잠기고 있어요

물결들의 결의가 입이 되어가고 있어요

당신이 오지 않는 날이 일어나고 수만 물결에 자물쇠
가 채워지고

갇힌 물길이 어느 날 가장 깊은 곳으로 통하는 문을
열었다면

그리고 그 문이

모든 사람에게 속하는 질문이라면

자물쇠는

노래처럼 흘러들어 그곳으로 올 수 없는 곳에 이르
겠네

경사면

쿠르드인 남자 친구가 없다는 사실에 대해서 더 할 말이 없다. 종이를 오리는 밤, 아무리 많은 남자 친구를 만들어도 종이가 되는 것 같던 밤. 나는 무한한 종이와 남자 친구를 가진 적 없지만 별들과 유리를 생각하면 무한을 거쳐 온 어둠이 되지. 요르단, 파키스탄, 어째 이곳을 떠날 수가 없어. 간지러운 곳을 긁을 때 유리면을 베어 무는 것 같다. 유리창은 나무 테두리를 가지고 있고. 왜 자꾸 사람에게 말하듯 유리와 나무에게 격을 주는 거니? 유리창은 유리창 나무 테두리는 유리창을 가두고 있는 것 또한 가두지 않는 것, 가두는 것과 가두지 않는 것 사이에서 눈을 얻는 사람처럼 비가 오면 나무 사이로 물이 떨어졌다.

노란 장판에 얼굴을 묻으면 흙냄새가 올라오는 게 신

기하지 않니? 우리 집에 또 놀러 와. 흙냄새를 맡으러. 깡통이나 수첩을 챙겨 와도 괜찮아. 열쇠를 돌릴 때마다 시간이 천천히 흐르더라. 너도 그걸 알고 있니. 고개를 묻고 대답을 하지 않는구나. 네가 입을 다물 때마다 나는 장판에서 풍겨오는 흙냄새를 생각한다. 건널목을 건너는 사람들의 한산함은 어디서 오는 걸까. 아프지 않은 곳을 바라볼 수 있겠니. 가게 앞에 앉아 있는 저 노인들은 장차 무슨 색이 되려는 걸까.

생각들에 이마가 닿으면 네가 있는 곳은 물이, 회색이, 위도가 높아진다. 한 노인이 한 노인의 등을 어루만지고. 등나무의 연한 잎이 피어오르다 사라지고 네 손은 어디서 조용히 자라나는가. 굵고 휘어진 가지에 검은 눈들이 모여든다.

종이를 자르며 한산해지는 요소들을 생각해보자. 운동장에 먼지가 가득히 번지던 순간. 침묵에 가라앉는 지난날의 열정. 종이를 자르는 면은 선하고 말이 없다. 마음이 바뀌지 않는 한 잘린 면을 선하고 잔인한 것이라고 생각할 것이다. 어느 날의 너의 선의, 어느 날의 너의 손바닥. 나는 종교를 바꾸지 않았고 종교를 바꾸지 않는 슬픔을 안고 그늘진 얼굴을 배신하고 뒤돌아선 사람의 눈빛을 떠올렸다. 한산해지는 요소에는 흙의 자질이 있는 것인지 모른다. 길을 건너 서류 뭉치를 놓고 알 수 없는 곳으로 돌아간 사람의 흔적이 있는지 모른다.

고요하고 흑이 많은 음성. 너는 왜 자꾸 모든 것이 사람인 것처럼 말을 하니? 어떤 잘못들은 크지 않지만 큰 흠결이 되어 남고 나는 나의 흠결을 마구 일으키지요. 그것이 모두 헛된 핑계라 해도 나는 작은 것을 추구합니다. 그것이 크고 어두운 것을 겨냥하지 않더라도. 성곽에 자라나던 작은 풀포기가 어느 날 피리가 되어 왕의 정원에 나타난 일을 기억하지 못하는 것처럼 나는 기억하지 못하는 처음의 얼굴을 숨깁니다. 다른 이들의 얼굴이 그렇게 숨어버린 것처럼

분홍은 어디로 사라졌을까

저기 무어라 말하고 싶은 사람이 지나간다. 스밀 듯이 생겨났다 없어지는 색들. 살결과 공기를 담은 빛들. 솜털은 살결에서 멀고 가깝게 어른거리고 빛은 모여들어 집중되고 단단하며 둥글어진다. 나는 장차 누구의 것일까. 무엇의 땀방울이나 눈물방울, 낮의 결정들인지 모른 채 발자국 소리를 듣고 자란다는 식물처럼 싹을 내고 잎을 틔우고 줄기를 드높이며 열매를 맺는 일들이 실은 하나도 자기의 일이 아니었다는 듯. 모여 있는 것들은 떠난 자들의 밤을 주인 삼아 자라고 고개를 휘저으며 움직움직거린다.

밤길에 고개를 들어보면 허공은 검고 거기 자라나는 성이 있었습니다. 사라진 색들이 돌아가는 곳을 찾아낸 것처럼 허공에 그것이 있다는 걸 확인하고 안심하는 때. 허공에겐 허공의 것이 있다니. 자기 집을 못 찾은 채 다른 이의 주소지를 찾아주고 싶은 사람들처럼 나는 허공에 발 가득 두고도 가벼워지지 않아요. 돌아갈 생각이 없었지만 돌아가야 하는 이들에게 돌아가게 되는 이유를 묻고 싶었지만 물을 기회가 없어요. 검푸르게 자라나는 밤과 밤들 사이로 눈빛처럼 성벽이 자라날 때 엄밀함과 공정성을 떠올리며 나는 기꺼이 저기가 사라진 색들이 모인 곳이라고 말하고 싶었어요.

당신이 걸어가는 동안 당신 뒤로 무성함을 내리는 조용한 가지들이 많습니다. 당신 등이 비어 있던 순간 비어 있으며 출렁이는 그림자가 있습니다. 어떤 것도 자신의 것이라 주장할 수 없는 시간들이 자라나고 있는 동안 걱정이 많은 이들은 저기 무엇이 있네요라고 말하고 싶어지죠.

일어나지 않은 일들을 걱정하느라 이 흙빛은 깊이 파였군요. 나무를 뿌리 채 뽑는 태풍은 오지 않았고 구리지붕은 날아가지 않았고 비닐이나 새들이 걸터앉은 가지는 공기를 가르고 부리 끝으로 사라진 분홍을 물었습니다.

물음을 얻는 이는 그것을 만드는 이이고. 얻는 이와 만드는 이가 한 겹으로 겹칠 때 드러난 적 없으며 그 누구도 보지 않았다고 말할 수 없는 색들이 사라졌습니다. 당신 살결의 먼 곳이며 가까운 것을 매만지던 흔적을 말할까요. 나는 한낮에 떠올리는 밤을 좋아합니다. 오로지 그것만 좋아합니다. 사라진 분홍에 대해서 생각하면 밤의 뱃머리를 스치게 됩니다. 머리를 묶어주던 눈이 힘을 잃고 들판에 앉아 붉은 것을 흘리는 사람을 보았을 때. 한낮의 허공에도 성벽이 떴습니다. 가장자리 줄기마다 가시들이 돋아날 때 독한 꽃을 삼키고 잠자코 눈 감은 사람을 볼 때, 어느 날의 당신이 말할 때, 그 입술의 치아가 가장 단단한 밤으로 갈 때 검은 처마 아래 물이 보이던 자리. 드나들던 시선으로 만들어진 방에서 사라진 분홍을 묻고 있는 끝이 있습니다.

살해의 가능성

말과 말 사이를 나누면 썰어놓은 고기처럼 서늘하고 붉은 단면이 나오지 않겠는가

이것은 썰린 말의 어느 단면 그리고 그것을 마주하는 다른 단면이 있다는 것을 잊지 말아야겠다. 한 여자가 오랫동안 무덤과 묘비 중 어느 것에 죽은 이의 혼이 더 깃들어 있겠는가 생각하며 걸었다. 무덤과 묘비 중 무엇이 더 그것에 가까운가 가늠하며 걸었다. 묘비 사이를 걸으면 입은 치맛자락이 길고 치렁해지는 기분이었다

묘비 사이를 걸을 때 뒤를 돌아봐서는 안 되었고 그녀는 뒤를 돌아보지 않겠다는 생각을 하기도 전에 묘비들에 이끌리어 전진하였다. 그녀의 아이가 치맛자락을 붙잡지 않는데도 그녀는 잡아당기지 마 말하며 치맛자락을 감싸 쥐었다. 어느 곳에선 사람들이 이 치마를 입

은 주위를 둘러싸고 아름답다고 말했다

　　우아하고 누추하고 무거운 자락을 들어 올리며 걷는 일은 피곤했다

　　그녀는 밥을 굶지 않았고 거의 굶을 뻔만 했고

　　그녀는 헐벗지 않았고 헐벗음에 가까운 추위를 느꼈을 뿐이었고

　　그녀는 학대당하지 않았고 매질에 대한 공포와 기억을 지우느라 노력하고 있었다

　　무엇을 지우는 사람은 미소 짓는 사람이다 그녀는 생각했다

　　미소 짓는 사람이 되어 그녀는 지우는 사람이 되기로 했다

　　평생을 지우기만 해야 할지도 모른다고 생각할 때마다 그녀의 생각은 물이 되고 들이 되고 그녀를 담는 항아리가 되는 것 같았다.

　　묘지에서 뒤를 돌아보는 사람은 긴 대롱을 가진 물 조리개를 들고 수돗가를 향하는 허리가 굽은 늙은이들뿐이었다. 그녀는 나는 가난한 사람이니까요. 나는 가난한 사람이니 뒤를 돌아봐도 되지 않겠습니까 묻고 싶었다

　　그녀의 모든 것에 가난이 붙었고 그녀는 가난을 소리

내어 말하는 것이 부끄러웠고 가난을 보이는 것도 부끄
러웠지만 가난을 빼고선 이야기할 수 있는 것이 없었다

　겨울 창문에 들러붙는 어둠처럼 나는 그것의 이빨에
물려 있는 것이죠. 그녀는 말했다.

　살 한 점, 피 한 방울 내 것에는 가난 아닌 것이 없고
벼룩이 뚝뚝 떨어지는 것처럼 내 웃음에는 오래 묵은
이불의 냄새가 배어 있습니다.

　그녀에게는 거리가 필요했다. 차양처럼 그늘을 드리
우는 한낮의 공기가 필요했다 처마와 사람들이 필요했
다. 거리에 드러누워 서로 부딪히는 그림자까지도 환해
보이는 한낮이 필요했다.

　가난이라고 말하지 않아도 가난이 되어버리는 그럼
무어라 말할까. 그녀는 쫓기는 사람들 중 한 명. 아무리
작게 말해도 가난한 사람들은 쫓기는 사람입니다. 우리
는 승냥이의 이빨 같은 것을 꿈꾸고 싶지 않지만 쪼그
라든 밥그릇 안에 놓여 있어요. 엄마 아빠 동생, 동생, 동
생, 자꾸만 많아지는 동생들, 어쩐지 그것이 내 동생이
아니라 내 아기가 되어 있는 것 같았지요. 차양으로 돌
아가서 나는 차양을 사랑합니다. 차양 아래엔 중국인

이 있을 것 같아요. 토끼를 팔고 있는 사람이나 부채질을 하는 사람이 얼마간 필요하지 않을까요. 영화 속 거리를 보면 가난을 지우지 않아도 될 것 같았죠. 거기엔 평화가 있을 것 같았어요. 이 거리엔 중국인이 모자랍니다. 이 거리엔 차양이 모자라고 또한, 가지가 아름답게 휜 나무 또한 부족합니다. 나는 가지가 멋진 나무를 보면 한동안 가난을 잊었지요. 삼 초 정도 정적 같은 시간이 흐르면 나는 종종 잊었던 피를 불러오곤 하거든요. 이마가 식어가며 몰려오던 피의 속도. 생겨나지 않았나요? 내 뒤의 거리는 얼마나 멀어지고 있나요? 거기에 아직 차양이 없나요? 내가 흔들리고 있습니까. 아지랑이나 인력거를 끄는 사람은요? 나는 얼마나 오래 여기서 멀어지고 있습니까.

*

나무를 몇 그루 뽑아야 할지도 모르겠어요. 내 생의 이빨을 모두 드러내듯 나는 이제 남은 기운을 다 써버린 것 같죠. 어쩐지 저 나무를 몇 그루 들고 집으로 가고 싶어요. 당신이 내게 처음으로 가난에 대해 말한 날을

기억해요. 누군가는 자신의 가난에 대해 이야기하니까
요. 그러면서 어느 누구도 자신의 가난을 인정하지 않았
던 것 같았죠. 내겐 주워야 할 돌멩이가 늘 넘쳐났어요.
가난이 떠오르면 돌멩이를 줍는 것이 좋았으니까요. 흙
이 넘쳐나고 바람이 넘쳐나는 거리에서 나는 유일하게
움직일 수 있는 사람. 그 거리에서 강동강동 걸어 다니
며 무엇을 줍는 것이 좋았던 어린아이를 불러냅니다. 아
니요. 당신은 서편으로 지는 해를 보며 아무것도 할 말
이 없어요. 말할 것이 없을 때 사람들은 오래 처다봅니
다. 왜 그런 것인지 모르지만 봐도 봐도 부족하게 오래
처다봐야 하는 곳이 있어요. 사라진 구덩이나 어린 날의
목련이나, 내 손목에 자국이나 풀이 눌린 흔적들 속으
로 들어갈 수 있을 때까지 나는 바라볼 수 있을 것 같았
어요. 아니 웃음 다음입니다. 나는 어떤 웃음 속으로 들
어갈 수만 있을 것 같았으니까요. 거기에 들어가면 나는
많은 숨을 보고 많은 장면의 날개를 만지고 나올 수 있
을 것 같았으니까요.

　나무를 몇 그루 뽑아본 적이 있습니까? 나는 고작 풀
몇 포기나 고춧대를 뽑아본 기억으로 그것을 상상해봅
니다. 그것은 내 어둔 입속에 자리 잡은 이빨처럼 완고

하게 한자리를 지키지만 언제든 뽑힐 수 있는 것 아니
겠습니까. 한자리에 있는 것들은 대체로 세상의 마음을
가늠하기 위해 있는 것일까요? 나는 운동장에 앉아 오
래 바라봅니다. 뽑아낼 것들이 맘껏 자라고 있는 것 같
아서요. 나는 맘껏 자라난 저것들과 같이 어느 순간 이
곳에서 뽑혀나갈지 모른 채 앉아 있습니다.

공원

그곳이 아닌 곳에서 그곳에 여러 번 다녀온 사람들
이 서로 지나칩니다. 검은 가방이 걸어가는 거리의 여백
을 채웁니다. 살결들은 흔적을 지웁니다. 냄새가 사라지
는 곳에 피어오르는 예감들이 정리되어 도로에 붙고 있
습니다. 어떤 흔적도 가지지 않은 사람을 이상으로 품듯
사물들은 유리 안에서 점점 확고한 살결을 만들고 있습
니다. 걸어가는 이들의 살결은 흔적 없는 흔적을 지우고
있습니다. 이쪽을 지우고 나면 저쪽이 더 감감해지는 저
녁들이 멀리 진행 중입니다. 마른 곳에 일어나는 기억을
황급히 불어 끕니다. 사랑하는 사람이 두 번 곁에서 웃
고 다른 어떤 날 한마디도 하지 않았던 기억들을 붙들
고 문득 출근합니다. 사이사이 출근합니다. 배들이 정박
한 곳엔 흰 이 같은 동물들이 앉았다 사라집니다. 다리

위엔 웃었던 웃음과 눈빛 발을 헛디딘 자국이 말라가고 있습니다. 눈썹이 검은 소녀들이 앉아서 서로의 발목을 부딪칩니다. 유모차 안에 아이가 자리를 비우고 조부의 어깨 위로 올라갑니다. 어깨 위에는 오래된 사람이 있습니다. 오래 앉아 바라보다 이전의 이전의 이전을 찾아간 사람에 대해서 나무들은 숨기지 않습니다. 숨겨지지 않은 사실들을 배반하느라 발이 아픕니다. 그래도 건강을 유지합니다. 멧새들과 왜가리가 소스라치게 날아오르는 이유에 대해 들고양이는 알아차릴 수밖에 없습니다. 그것이 슬퍼 누군가 웁니다. 오로지 한 가지만을 위해 우는 것이 서러워 또 웁니다. 부러진 나뭇가지 사이를 흐르듯 지나치는 습하고 어둔 곳으로 향하는 기다란 몸의 궁금증을 내내 풀 수 없는 영혼이 있습니다.

무엇을 유지하듯 넘어집니다. 무엇을 지켜가듯 말라갑니다. 웅덩이마다 한 번도 마주치지 않은 날씨들이 잠기어 서로를 낯설어 합니다. 누군가 떨어트리고 간 단추 알과 슬픔이나 반역 빗나간 발음들이 서로를 베끼고 있습니다. 웅덩이 안에서 그것들은 반영과 빛나는 것에 대해 합의되지 않은 점도를 형성하며 색을 얻어갑니다. 해

가 뜨더라도 이곳은

빛과 바람, 가지와 풀들, 다리와 멈춘 것, 달리는 것과 입을 다문 것 그리고 탐사하듯 땅을 향해 머리를 늘어트린 이들 위로 모든 것이 사선을 이루며 향합니다. 다른 곳을 향한 마음이 반영을 이룹니다. 다리를 건너는 동안 늪과 푸른 뱀과 길어진 가지와 깊은 눈들과 허물이 사라지는 길을 떠올립니다. 그곳에 없는 것들만이 그것을 형성하고 있습니다. 물이 멀어질수록 물을 업고 가는 사람처럼 마른 땅에 그늘을 덧칠하는 구름. 당신은 무엇을 지키고자 그곳을 떠나는 사람이 됩니까. 유채꽃이 땅을 덮고 버드나무가 잘려 나가고

어느 날의 사실들을 밥처럼 오래 씹어서 목으로 넘기는 사람. 시간이 영원히 길어지는 것처럼 그렇게 오래도록 씹고 넘겨야 하는 일을 다시 배우고 있습니까. 문을 열면 다시 열어야 할 문이 생기고 문을 닫으면 문 뒤에서 닫을 문을 짜는 사람이 됩니다. 벽마다 가능성은 잠잠하게 새겨지고 있습니다. 일생을 다해 벼르는 단단함

　그곳에 올라오지 못하는 언니가 있었어요. 정육각 타

일이 놓인 곳은 안전한 곳으로 알려지고 우리 둘은 육각 위에 앉아 어린 동물을 돌보았습니다. 햇빛이 가르마를 넘기고 오후는 소리 없이 저물고 있었습니다. 시간은 같은 속도를 유지한 적이 없어서 우리들은 매일 다르게 무언가를 놓치는 중이었습니다. 머리칼 위로 사그라드는 것들

버스 정류장에 앉으면 놓친 것들을 떠올리게 되죠. 나는 언니가 셋인 것 같았다가 둘인 것 같았다가 나는 누군가를 찾아야 하거나 혹은 발견되어야 할 사람이 아닌가요

소리가 크면 소리 속에 중요한 것을 감출 수 있게 됩니다. 나는 자주 비명을 지르는 사람이었다가 자주 비명을 삼키는 사람이 되었어요. 누구의 근심이 되지 않고 시선을 잃어가는 길고 구멍 난 것들이 이곳에 한참을 비워지고 있습니다.

목포 앞 바다

나는 너의 생각이었다

오른손을 가지고 있다

오른손 역시 너의 생각이었다

신양파크호텔을 가리킬 때 썼던 오른손

바닥의 검불을 집을 때 썼던 오른손

핸들을 돌리고 캐러멜을 집을 때 썼던 오른손

이렇게 말하는 동안 저무는 것처럼 우는 소리가 들리
는 것 같은 오른손

오른손이 잔뜩 있는 사람인 것처럼 오른손을 썼다

너무 많은 오른손 때문에 도착하지 못하는 차량들

나는 오른손의 생각. 줄 위에 앉아 있는 생각. 도착하
지 못하는 불빛

나는 나의 처음을 끝내지 못했다

오른손이 만들어낸 방. 사선으로 기울고 조도가 낮았다

그늘을 사랑하는 사람은 들어가 나올 수 없는 곳

말들이 우는 풀죽 같은 방

웅크린 것들이 있을 것만 같은데 있을 것만 같은 것이 웅크린 것이 아닌가

웅크린 것들이 있을 것만 같은데라는 생각이 그늘이 아닌가

웅크린 것들이 있을 것만 같은데 웅크린 것들이라고 말할 때 어둠이

온도를 낮추지 않았나

나는 오른손의 생각이 되기 전에 고려하는 지점에서 당신들을 만난다

생각 이전엔 오로지 손뼉을 마주치는 것만이 있었다

샘물 옆에 생겨나는 빛처럼 마주치며 짝짝

처음을 마치지 않은 빛들이 모여서 엉키는 중이다

바다엔 빛이 무한량으로 오는 것 같지만

낚싯대에 걸려 올라온 비늘에 무한량이 일시 멈춘다

그것을 들고 그는 말한다

이십 년 전엔 말이야 하고 낡은 호텔을 가리킬 때

빛을 본 것 같다

바늘이었다가

웅크린 것에서 새어 나온 숨이었다가

이내 버려지는 입에서 나오는 말의 처음

너의 오른손은 사려 깊은 생각들 사이에서 흔들린다

낮잠에 드는 것 같다

그곳의 문

내가 길을 잃었을 즈음 너는 청록색이 되어 있다

휴가철의 환기

아무것도 모르는 말들을 가지고 있으면 납작하게 잘 마른 광물들이 움직인다

그리고 나는

떼어내기 시작한다

들어오지 못한 색들을 지칭하려는 손가락이 움직인다

말을 막은 손이 움직일 때마다 눈빛들은 옛날을 향해 움직였다

수직의 그림들은 스스로 서 있는 것인가

누군가 내게 파란빛을 주문하고

나는 손을 움직인다

떼어내라, 떼어내라
안간힘으로 이 장을 떼어내면 다음 장이 들어올 거야
복원할 수 없는 모양을 지우고 다녔다
생명은 아픈 건가요
물을 때마다 네가 웃으면
너는 복원할 수 없는 그림
빛과 형태로 움직이다가 멈추고 마는

멈추는 것들엔 다른 곳의 색들이 스며드느라
작은 방울들이 다가오는 동안 너는 입을 벌린 채
호수가 되어간다
나뭇가지가 부러지는 소리를 수풀 속에 기다리는
잿빛이 있군요. 일시에 풀려서 스며드는 모양들도요

*

어느 날 당신의 암흑이 서쪽에 외양간을 만들고 그네
를 만들고
밥그릇과 호미와 부엌의 삐걱대는 의자를 만들었습
니다

그것에서 스며 나오는 빛들이 어느 밤에 길을 건너고 발등을 덮습니다

당신의 의지가 움직이는 동안 잠들어 있는 당신의 그림자

우는 소리 내는 법을 배우지 못해 나무 아래 그림자를 세웠습니다.

너는 일렁이지도 않았고 멈추지도 않았어
콕 찌르면 검정은 반응하지 않았다
검정은 그림자
검정은 그러나
그림자의 형체
가라앉거나 내쉬지도 않는
네가 가지를 들고 움직일 때마다
네가 모르는 이름들이 따라오는 것도 몰랐지

네가 알고 있던 스타벅스 앞 길 위에서
나는 고치를 만든다
햇빛이 되기 위해

겨울의 길목에 물기를 모으기 위해

온도를 가진 눈가의 모음들이

서서히 잦아드는 낮의 소리

맹렬함의 퇴화로 붕괴하는 저녁의 회색

너의 말을 따라잡기 위해 꿈속으로 간다

보이지 않는 바람처럼 채찍을 휘두르지만 나는 그것

의 주인이 아니다

나는 달리면서 생각한다

이렇게 마구 등지고 가는 사람이 되어도 될까

이렇게 마구 그곳을 향해 달려도 될까

갈래길 앞에서

너인지 아닌지 모를 사람이 등지고 가는 사람이 되어

가고 있다

높은 귀

풀이라고 말했다
풀 풀 풀 말하면서 듣지 못하길 원했다

눈 감으면 커지는 귀
그것만을 떠올리면 점점 높이 올라간다
높고 커다란 형상을 따라
들어야 할 것들이 모조리 올라간 후
낮은 곳의 공기는 소리를 먹었다
외마디 비명 같은 것이 듣는 것을 대신한다
속으로만 외치도록 해
소리 없이 높고 근사해질 수 있단다
화면 속을 달리는 영양이나 가젤의 속도
고요한 화면들 사이에 머물러라

다만 길고 높고 빛나는 것에 시선을 두도록 해

증가하고 부족했다

부족했던 날들의 일기엔 검은 뿔이 걸리고 증가하는
날들엔 반짝이는

쇠솥들이 길가에 앉았다

아무래도 여긴 불이 붙지 않는 것 같아요

연기만 잔뜩 피어오르는 걸요

고개를 들면 벌판 너머로 아득하게 오르는 건물들

누군가 그곳에서 총천연색 사진을 전송한다

다이얼식 버튼이 사라진 뒤로 너는

허공에 손가락을 걸고 돌리기를 반복했다

그것을 돌리는 동안 그곳의 모습이 푸르고 깊게 저장
된다

나는 돌을 몇 개 더 놓기로 했다

이곳의 압력은 점점 더 사라지고 있답니다

당신이 있는 곳이 얼마나 높은 곳인 줄 아시겠어요?

저는 잎사귀 안에 들어온 지 몇 날이 되었을 뿐입니다

조금씩 높아지는 귀

말하는 법을 잊은 것처럼

차이와 강도들은 뒤섞이고 있어요

비명과 소거가 일치하는 지점에서 손뼉을 마주치고

숫자를 입력하는 사람들의 관자놀이에 힘줄이 돋아

납니다

저기 허공을 되돌리려는 손

매만지고 높아지는 귀

조용히 내려오는 손

찰칵이는 카메라 앞에서 엇갈리던 빛이

회색에 잠겨드는 것을

수풀 속에서 보았습니다

비지비지송*

비지는 비지비지 노래를 불렀다

팔과 다리가 있는 것이 신기하지 않니

나는 늘 내 사지가 궁금하다

생각들은 하는지

불안하진 않은지

나의 공포가 내 몸을 점령한다고 느낄 때

그들도 그렇게 하나로 느끼는지

비지는 비지비지

그런 노랜 누가 알려줬니

어떤 누나가요

자주 듣는 말들은 노래가 되어

* 비지비지송은 비지비지송이다. 내가 부른 노래이다.

잊혀지게 되는 거야
노래가 된 얼굴
노래가 된 당신들
닫히는 검정 가방
배드민턴을 치는 팔과 다리
사지가 움직이는 게 여전히 신기하지만
땅을 구르며 궁금한 걸 참는다
참는 걸 배우기까지 얼마나 길었는가
사지의 소스라침을 모른 척하면서
공을 치고 넘긴다
두려움 없이 몰려온다
종을 치며 몰려오는 저녁들
잎사귀와 나무들

갈라지는 속도는 무슨 상상이 되는가
어둠에 갈라진 초록이 눈동자만큼 많이
베이는 속도로 흩어지고
배드민턴은 지속된다
영원히 영원히라는 말을 쓰는 사람들이
가장자리로 밀려 나가고

시간의 해안에는 긴 우산을 든 사람들이
몰려오는 저녁을 향해 우산 없이 고요하다

엎어진 구름

침몰하는 것들이 있습니다
초록이 떠오르는
사라진 영상 위로
바위를 덮는 구름과
어깨를 떨군 아이
한동안 앉아 있던 길을 비추고 지나갑니다
비행을 모르는 아이들과 삽과 그림자를
나르는 노인들이
저녁 들판 잠이 깨어 날아가는
새들을 봅니다
엄마 없는 엄마들과 아빠 없는 아빠들
빌딩만큼 많아지지만 그처럼 커지지 않고
삭아드는 불빛들을 점령하지 못하는

줄어들 것 같은 길이 있습니다
어둠이 내릴 때마다 한 무리의 자동차가
비슷한 속도로 사라집니다
다른 곳에 도착합니다
길은 선과 점에 도달합니다
그런 잠을 자다가 날아오르는
들판에 새들이
아직 있습니다
그리고 아무것도 아닙니다

두 번 꿈에서 만나고
그녀와 나는 서로의 먼 곳이 되었다

이 해변은 오래되었다

그렇게 오래된 해변은 있을 수 없어

누군가 내게 말해준 것 같다

그곳엔 빛이 많아서 들어갈 수 없단다

그래도 아직 A가 있을 것 같아

걸을 때마다 A가 말해주는 것 같아

딱딱하고 마른 빛을 조용히 걸어가는

흰 장면의 어떤 맺음들은 꽃이 접히는 방식과 닮았다

소리 내지 말고 펴서 살펴보렴

펴서 살펴보라는 말에는

감았다 뜨는 백 개의 눈 같은 마음

같은 말을 반복해서 들었다

동글게 말린 귀에 그녀가 들려준 소리

마른 불가사리들과 아직 가시지 않은 초록
수초 위에 붙어 움직이지 않는 강구들
모래 위로 자라난 검은 것들 사이를 걸을 때
소리가 자라나는 암초 사이를 걸을 때
물결이 부서지는 자리마다 감겨오는 눈들
아홉 살 열두 살 두 아이를 둔 엄마예요

해변에서 마주한 곳에 다른 해안이 있다
절벽과 흘러내리는 뿌리들
새로운 소리가 되어가는 암석들
사라진 그물들 모두가 한데로 부서지듯 소리치지만
A는 아직 빛이 되지 않은 속을 다니는 것 같아
희고 마른 그물 사이로 스미는 움직임이 되어
솟아오른 바위 위에 한 사람이 되어
꿈이 되기 전 꿈을 지키던 사람이 되어
거짓이 아닌 유일한 것을 움켜쥐고

펼쳐진 방

나는 왼쪽 눈을 감지 않고도 이상한 얼굴이 되어요. 이곳에서 잠시 멈추기로 했습니다. 마저 감을 수 있는 한쪽 눈이 있지요. 스스로에게 이상한 얼굴이라고 말하는 것이 가능한 것을 뒤늦게 알고서 나는 스스로를 이상하다 말하는 데 열중하기 시작했어요, 거울 없는 방에서도 거울 앞에 앉은 사람처럼 이상한 얼굴을 봅니다. 얼굴에 떨어져 있는 흔적들을 찾아내지요. 국밥그릇 안에 남아 있는 밥알이나 간판이 떨어진 늦여름 과수원의 전화번호, 건져내지 않고 바라보았던 몇 개의 돌멩이들이 멀어지고 있습니다. 가라앉고 있는 가로등과 저녁 사이로 아무도 걸어오지 않은 길이 남아 있어요. 당신이 돌아오지 않던 원심력의 시간 속 둥근 것은 표정이고 어두운 것은 형태가 되는 사람들이 있어요.

보라색 원피스를 입고 꽃을 들고 걸어가던 중학교 복도의 침묵과 비슷한 침묵들을 여기서도 봅니다. 여자들의 침묵 노인의 침묵 아기의 침묵 풀들의 침묵 어쩌면 나쁜 길로만 걸어가던 그날의 빛들이 조용히 모여듭니다. 이상한 사람 이상한 얼굴 이상한 사람 이상한 얼굴 하느님이 그것을 만드시고 보시기에 좋았더라. 시냇물은 어디에서 어디로 흐르는가요. 사라진 당신의 말 뒤에는 흐르는 것들의 소리가 들려옵니다. 나는 왼쪽 눈을 감고서는 제대로 얼굴을 볼 수 없었어요. 왼쪽 눈을 감으면 왼쪽 눈의 시야 밖으로 물이 흐릅니다. 보시기에 좋았더라. 햇빛처럼 말하는 신의 음성을 듣고 누구의 위로를 받고자 하지 않았던 날에는 급히 쓰러지는 화초가 되고 싶었어요, 누군가 쓰러지면 누군가 일어나리라는 법칙이 생각났고 퍼져 나가는 화초들이 가득한 들판이 떠올랐죠. 들판을 노래하는 사람들이 없고 들판에는 아무것도 살지 않습니다. 아무것도 살지 않게 되리라는 희망을 품어온 것처럼 비어가는 것들. 나는 한 눈을 감은 채로 보기엔 충분하지 않은 전체를 가졌습니다. 퍼내고 퍼내도 줄어들지 않는 물처럼 내가 바라보는 곳에 쏟아지는 빛이 너무 많군요. 너무 많아 존재를 잃어버린 빛들이 반짝입니다. 반짝이는 것은 존재하는 것이라는 오해가 퍼지는 중인 곳에서 어느 밤 어느 방문을 닫고 들어가 이상한 말 이상한 얼굴이라고 아까워하지 않고 말했어요. 말한 것은 말하지 않은 모든 것을 의미하는 것이 맞다면 말이 울음이 될 때까지 말이 어느 날 내게 돌을 던지던 한 사람의 얼굴이 될 때까지 분노가 시냇물의 흰 꽃이나 등대의 서늘한 표면으로 바뀔 때까지. 그리고 왼쪽 눈을 감고서 기다렸어요. 평등한 사물들을 주세요. 보라색 꽃을 들고서 원피스를 입고서 처음 열었던 방의 문이 있죠. 문 안에 사람이 있고 문 밖에 사람이 있고 문 안에 있는 사람은 문으로 인해 공고한 표정을 연습하게 되었지만 빛과 같은 목소리가 그 문을 눈부시게 비추고 보시기에 좋았을 어느 시간에 나는 흐르는 것들이 모조리 무서워져 꽃이 되어 떨어져야겠습니다. 당신이 돌아오지 않는 시간이 더욱 강해지는 동안 방 안에 이상한 것들이 저물어가고 있습니다.

심포니적으로

　문을 열고 한 사람이 나가면 한 사람이 들어왔다. 자리를 메우는 역할을 맡은 사람들이 줄어들지 않았다. 눈을 깜빡이는 것도 꿈에서 허용이 되나요? 청소년들의 가방은 입구가 열려 있고 삐져나온 악보들은 무심하였고 너는 둘이다가 셋이었다가 부엌에서 버터를 바르고 치즈를 놓다가 머릿수건을 바꾸며 노래를 불렀다. 수단과 별들, 코끼리와 보리수, 지팡이와 흰 뱀이 등장하는 노래가 방에 울리듯이.

　자리를 바꿔줄 사람들이 많으니까요. 이곳은 지속되겠죠. 많은 이들이 어둠을 뚫고 별들의 수만큼 휘어진 선을 그리며 오고 있으니 하늘의 별이 사라지지 않는 한 우리에게 다가올 심장의 숫자도 줄어들지 않는답니다.

　컹컹 개 짖는 소리가 허공을 울리며 부엌 창을 통과

하고 방 안으로 침입할 때 너는 이곳의 심장이 반짝이는 것을 볼 수 있었다. 귀뚜라미 소리와 나무 틈새마다 눈이 생기듯 갈라지는 쩍 소리. 약하게 퍼지던 소리의 근원은 배경처럼 이곳의 마루 밑에 깔리고 있고 저마다의 혐의를 궁리하듯 소리는 공간을 포함시키는 색깔을 낳으며 웅크린 심장이 되어가고 있었다. 침잠을 낳듯 웅크린 행위마다 짙은 초록이 내려앉고 있으며 얼굴이 빛나는 사람들이 자신을 옮기기 시작했다. 누군가 그들에게 건배를 유도하듯 유리잔을 들어 올렸고 치즈가 올라간 빵은 부엌에서 나오지 않고 다만 더 많은 사람들이 교체되고 있다는 증거들이 방을 메우고 있었다. 보면대의 악상기호처럼 증가하고 감소하며 한산하고 밀집되고 둥글었고 어두워지는. 움직임이 허용된 서로의 주변 사오십 센티미터 안에서 말하였고 모자를 벗지 않았고 불행해지지도 않았다. 교체를 기다리는 중이었다. 어둠 밖의 빛깔을 모르고 형태와 동선으로 지속시키는 방을 만들어가고 있었다. 계단을 올라오는 이들의 소리가 들려올 때 너는 창을 열고 그늘을 드리우는 나무의 잎사귀를 보았다. 이 꿈 밖으로 나가면 불행해지지 않은 사람들이 있었던 것을 기억할 것이라고 중얼거렸다.

튤립

이율에게

너는 육십 프로 내 말에 귀를 기울이고

육십 프로가 무엇인지 알지 못한 채

육십 프로 말을 듣는 역할을 하기로 했다

너는 나머지 사십 프로 중 이십 프로는 내 말에 귀를

기울이지 않고

　십 프로는 듣는 것 같지만 실은 듣지 않고

　십 프로는 들을까 말까 망설이는 것이다

　너의 귀여움은 그 사이에서 발생하는 것

　너는 내가 그렇게 말하자 고개를 끄덕이는 것 같으나

　그것은 사실 십 프로에 해당하는 듣지 않는 것이다

　그러므로 우리는 작은 거짓말들로 대화를 엮어가는 것

　너는 거짓말들로 진실의 기미들을 내게 넘겨준다

너는 노란 옷을 입지만 노란 옷을 좋아하지 않고

너는 언덕을 달리지만 달리는 것을 두려워한다

두려워하지만 두려워하는 것을 두려워하는 것이 아니고

두려움으로 달리면서 달리는 것을 좋아한다고 말한다

이것은 대부분의 너

이것은 대부분의 너와 같은 너

너에게 작은 거짓말쟁이 같은 내 소중한 이라고 말한 것은

사실이다

나는 너처럼 작은 거짓말쟁이라 되리라 어느 날 다짐한 것 같다

나는 커다란 거짓말쟁이가 되어 있는 것을 너에게서 확인한다

우리는 작은 거짓말쟁이들과 살 수 있는 기회를 갖는다

그리고 우리는 커다란 거짓말쟁이를 어설프게 극복한다

언덕을 달리는 일은 이제 옛일이 되었다. 대부분의 동네에서 언덕은

사라지는 중이다

나는 사라진 언덕들 대신 그곳에 서 있는 것들을 보며

커다란 거짓말의 후예를 생각한다

너는 어느 날 도시의 가장 높은 곳에 올라가

도시를 내려다보며 크게 웃고 커다란 쓰레기장이라고 했지만

너는 쓰레기장이라고 말하며 그것을 싫어하거나 좋아하지 않았다

그것은 너의 작은 거짓말에 속하지 않는 유일한 진실이었다

삼켜진 거리

문을 열고 나가면 거리가 있지. 거리에는 사람이 없고 술집이 있고 거리의 끝에는 꽃집이 있네. 술집과 꽃집 사이 누가 살거나 장사를 하는지 알 수 없는 가게들이 몇 군데. 창을 열거나 커튼을 내린 채 존재하는 곳들. 거기에 있기 위한 어떤 결정처럼 미닫이문 위에 무엇인가 덮개가 비스듬히 얹혀 있고 붉은 장미는 유독 한 송이, 큰 알 같은 꽃송이를 달고 있네.

나는 거리에 들어서자마자 얼굴이 화끈거리네. 부끄러움일까. 나는 그것이 부끄러움이나 두려움이라고 생각했지. 얼굴이 달아오르는 것에 대해 나는 병실에 딸린 개인용 탁자 앞에 앉아 조용히 생각해보았네. 생각이 깊어질수록 내 생각 위의 흰 백합 역시 길어지는 것 같았네. 사실 깊어지고 있는 것이 나의 생각인지 백합의 형태나 색깔인지 알 수 없었네. 나는 그것의 목덜미쯤을 눈여겨보았네. 식물의 목덜미쯤은 꽃과 줄기가 만나는 부분일 테니까. 푸른빛이 흰빛으로 넘어가는 지점에는 마치 문과 같은 기분이 들어가 있었네. 시선이 머무는 면의 가는 물관들이 지나는 흔적 그 흔적의 미세한 틈마다 작은 방들이 있고 작은 방은 작은 문을 가지고 있고 그 문들은 고집스럽게 닫혀 있지. 아무것도 가두지 않지만 가두는 것으로 형태는 허공에서 독립된 공간을 갖게 되었지. 나는 길어지고 있는 흰 표면을 보면서 이상스런 고집을 생각하게 되었네. 어딘가 이것은 나의 고집과 관계가 있다고. 내 얼굴이 붉어지는 것의 정체는 부끄러움이나 두려움이 아니었네. 실내에 있던 얼굴이 밖으로 나올 때 미처 그것을 모르고 있던 살결들이 황급히 표면을 바꿀 때 생겨나는 열감들. 그 열감을 부르기 위해, 바꾸기 힘든 무엇을 받아서 바꾸는 과정 속에 나는 접혀 있는 고집을 꺼내었네. 그것은 고개를 돌린 채 나를 바라보지 않고 나는 비와 햇볕에 반복 노출되어 색이 흐려진 나무 의자에 오래 앉아 있게 되었지. 태양은 내 얼굴을 정면으로 비추고 고집의 목덜미쯤을 잡고 그것과 내기하듯 오래 쳐다보고 있었네. 나이와 낯

빛에 대해 알아볼 수 있었지만 그것들은 뒤로 물리기로 했지. 대체로 그런 개인적인 관심들을 고집은 좋아하니까. 허공쯤으로 가시지 그러세요. 고집에게서 그런 소리가 들리는 것 같았네. 비둘기의 양 날개처럼 고개의 양쪽으로 비스듬한 사선이 공중으로 치켜올려진 반면 볼 언저리에는 앞뒤 재지 않는 용감함과 무턱대고 원하는 것을 향하는 타협할 줄 모르는 욕심이 있지. 나는 정의 내리기 어려운 일들을 모으네. 정의 내리기 어려운 일들을 정의 내리면서 나는 서랍을 두 개 가진 책상처럼 나란해지는 것 같지. 그 병원에서 처음 거리를 향해 나 있는 문을 발견한 이후로 나는 남동향으로 향하던 산책을 북서 방향으로 바꾸었네. 문은 허름한 건물에서 가장 밝게 빛나는 초록빛. 내가 발견하지 못한 시간들이 의문스럽게 문 뒤에서 웅성거리다가 가려지네. 문은 그곳을 지나는 이들이라면 한눈에 저기 문이 있다고 인식할 만큼 새것이며 빛나지. 나는 사람들이 나를 빼고 약속을 한 것이 아닌가 물었네. 모두 문을 모른 체하기로 나를 제외한 사람들은 내가 잠들었을 때에만 문을 열고 밖으로 나갔네. 나는 빠져나가는 사람들의 꼬리가 되어 어둠에서 목덜미를 찾지. 나는 흰 백합을 가져가버린 꼿꼿하게 걷는 사람에게 당신도 거리를 향하고 있는가 묻고 싶지만 그렇게 작은 질문들은 말이 되어 나오지 않았지. 내가 어느 날 문을 열고 나서면 그것이 어느 날의 어느 날이건 그것이 어느 날의 태양이건 사람들이 막 거리에서 사라지고 난 다음이지. 내가 문을 열고 나간 어느 날은 그것이 어느 날의 어느 날이건 어느 날의 복도와 창과 문들이건 막 사람들이 지나간 다음이거나 내가 잠에서 깨어난 다음이네. 흰 백합을 파는 장수들이 거리를 지나가고 있을지도 몰라. 나는 안타까운 마음으로 바구니를 챙기지만 거리는 막 사람이 사라진 다음이네. 그가 바구니에서 잠든 비둘기를 공원에 다시 꺼내고 있을지도 몰라 상상하며 나는 보라색 보자기를 들지만 거리는 이제 막 사람이 지나간 다음이네. 나는 허울 좋은 상상들을 반복하며 건들건들 걷는 법을 익혔네. 이제 사람은 늘 사라지고 내가 그리는 것들은 이미 존재했지만 만나지 못했을 뿐인 것들이 되었네. 나는 늘 그들의 꼬리와 같은 어둠의 작은 장면들 속에 갇혔을 뿐이네. 어느 날의 어느 날, 모든 날이 될 수 없는 그 많은 어느 날들을 신은 왜 주었을까. 그 어느 날마다의 기적들과 영광과 믿기지 않는 만나지 않은 사건들을 정의 내리느라

나는 아직 방에서 나가지 못했네. 서랍을 두 개 가진 사람은 늘 이분법의 세계에 빠진 듯 정리하지만 된 것과 못 된 것 사이에 벼랑의 깊이를 알고 있어 감히 그 사이로 발을 들이밀지 못하는 어떤 고집에 대해서는 말하지 않지. 이 구역을 통과한 바람들이 무엇을 전했는지 나는 모르네. 다만 내가 만나지 못한 사람들만이 저 문 밖에 가게를 지키고 있네. 커튼을 내리는 사람과 차양을 내리는 사람들이 있네. 우산을 쓰고 지나가는 아이들과

당신의 황금

털이 굵고 뭉친 개가 걸어 나온다
개는 한 마리
그러나 이내 또 한 마리
걸어 나온다
개와 상관없는 개의 다리가 넷
개별로 넷
다리가 넷이므로 네 개의 다리가 움직이고
네 개의 움직임 속에
일몰이 있습니다

움직이며 말하는 자가
듬성듬성 다리 위를 걷는다
가시넝쿨이 자라는 이 평방미터 땅은

잊혀지고
몇 사람이 주목하고 있지만
수북하게 자라나는 것들

바다 위의 바위섬처럼
잊혔다 나타난 어둠
털이 뭉친 개가 걸어 나온다
압력과 슬픔과 밀도와 습도와 온도의 다름에
상관없이 오래 밀려온 물처럼
개의 눈은 두 개
그곳에 아무도 들어가고 싶지 않은 사람들이
서류 가방을 들고 부른다

영감님 영감님
한 사람이 한 사람을 쿡 찌르면
할아버지 할아버지
섭씨 39도 산 사람의 온도를 지킬 수 있을까
나는 이미 가죽이 말라가는데
하악하악 숨을 몰아쉬는 문지방 앞에서
공손한 자들이 서류를 들이밀고

녹아 흘러내리는 아이스크림이 안타까워 걷는

아이의 다리는 기쁘고

개별로 연약하고 바쁜

사라질 위기를 견디며 사라지는 중인 골목

사과나무의 사과들은 열심히 붙어 있죠

단 하나도 잃지 않는 성장을 지키느라

네 개의 다리가 움직이고

밀려나온 물이 두 개의 눈동자에 있고

돌아가신 분만 불쌍하지라고 말하는 구두코를 바라

볼 때

교육받지 않은 개의 슬픔은

반들거리는 개의 코만이 알고 있다

알고 있을까

무엇이 영롱합니까

당신의 코끝에 당신의 것인 물이 빛나고

개의 눈과 귀와 코를 검사하는 수의사의 어린 손가락

이 알고 있는

금빛 반지

나는 언제 황금빛을 잃어버렸나
나는 말하면서 머리를 잡아당기는 사람처럼 꾸준히
밥상의 세계에서 밀려나온 모서리의 굳은 채소들처럼
말라가면서 형태를 뒤틀고
밀도와 습기와 형태를 고려하지 않은 채
사라진 것이 한 번도 없었던 세계에서
청회색 물기를 머금고 사라지는 일몰의 골목으로

사라짐을 고려하며 사라져가는 빌딩
형상 주변 여타의 형상
황금빛을 얹고 걸어 나오는
올이 굵은 털모자를 쓴 사람을 바라본다
그는 어두워진다 한 걸음씩 걸을 때마다
골목을 묻히고 나오며
무너지는 빛깔을 얹고 걷는다
수레 가득 그는 그가 모르게 쌓인 사라짐의 고려를
운반한다
네 개의 다리 사이로 일몰이 인다

시력을 찾아서

글렌 굴드, 골드베르크 변주곡 1번 아리아에 맞추어

나를 만지지 마세요

어느 날, 부유한 상인의 가정에서 태어나

납으로 된 탁자 위에

거친 종이를 깔고

낮은 노래를 부르고 있는 하인을 보았습니다

나는 걸레질을 하고 있는 하인에게

눈을 구했습니다

그는 초록 곰팡이를 문지르던 걸레를 조용히 떨어트

리며 말했지요

나으리, 내 눈은 이제 멀어 그대의 어린 생명에 맞지

않습니다

그는 초록 곰팡이 핀 나무 마룻장을 하나 떼어내고

내게 그 안을 들여다보라고 했습니다

어둠이 깔리는 마루 밑으로

하인은 조용히 나를 걸레 자루처럼

떨어트렸습니다

이생의 기분이 한 장씩 떼어져나가는 동안

읊조리는 그의 노랫소리가 멀어지는 동안

나는 내가 세상에 태어나본 것을 읊었습니다

읊는 동안 멀어지는

내가 본 것들을 어둠에 보았습니다

어둠은 밀려오는 것도 밀려 나가는 것도 없어

나는 아래를 향하는 것인지 위로 밀려가는 것인지

모를 밀도에 한 장 한 장 기분을 보냈습니다

서걱이는 것은 모두 아이보리빛을 가진 것이 맞을까요

조그만 입자는 조용한 소리들의 이빨을 가지고 있는

것일까요

촘촘하게 밀려오는 압력에 나는 눈을 떴습니다

처음으로 눈을 뜬 것을 모르는 채로 눈을 떴습니다

나는 눈을 뜸과 동시에

나의 기분들과 상관없이 내가 사랑을 잊었고 분노를

알았고

　나는 거대한 양동이처럼 불그죽죽한 기분들을 하나
로 뭉치는 곳이었음을

　미력하게 기억해내고 있었습니다

　가뭄을 뚫고 올라오는 풀들의 움직임처럼 기억은 미
려하게

　액체의 흐름으로 공기를 밀어 올리며 나아갑니다

　연기의 초록을 생성하며 이어갑니다

　나으리, 내 눈은 이제 더 이상 당신의 발걸음을 쫓을
수 없습니다

　나는 회색의 서류 뭉치들이 모래 산처럼 쌓여 있는
사이로 걸었습니다

　어느 날, 부유한 상인의 가정이 아닌 회색 종이들을
뒤지고 있는

　학자의 가정에서 태어나 뜨개질을 하다가 잠이 들어
깨어나지 않는

　어머니를 보았습니다

　그녀는 깨어나지 않아도 문제되지 않아요

　서재에 아버지가 뒤적일 종이 뭉치가 한가득이니

나는 나의 아버지들과 같은 회색의 문헌들 사이로 긴
산책을 하기로 했습니다

어둠이 머리 위로 머리칼을 흔들고 나는 자세해지는
것들 사이로

얼음집이 들어서는 광경을 보았습니다

고개를 돌리면 이내

노랫소리 들리고 나무들은 모래 위에 자라나 그림자
를 덮습니다

나는 노래하지 않습니다

어머니는 잠들어 깨어나지 않지만

어머니가 마룻장 사이로 떨어질 때

긴 어둠의 사이로

어머니의 기분들이 떨어질 때 들려온 나지막한 소리를
나는 듣습니다

들리는 것을 막을 방도가 없지만

태연자약한 걸음을 걸을 줄 알았기에

아버지의 모래 산이 무너지지 않을 만큼만 반복하는
진동수를

보내며 걷고 있었지요

어떤 일도 일어나지 않은 것은 무슨 색일까요

천사와 악마의 얼굴을 한 그림자들이 모랫바닥을 비
출 때

나는 어머니의 얼굴을 떠올렸습니다

잠들어 깨지 않는 사람은 어느 막강한 의지의 표현일
까요

슬픔의 굳은 슬픔

우물 바닥에 소리를 보내는 마지막 아이의 달음질

나는 당신의 숨소리를 들어요

부유한 가정이 아닌 학자의 집안이 아닌

과수원과 사과나무가 자라는 마당이 있는 집안이 아닌

당신은 학교를 다니지 않은 동네 어귀의 어떤 사람

어떤 한 사람

나는 당신의 숨소리마다 자라나는 모래 산을 들어요

조용히 오후의 도로를 건너는 붉은 뱀의 움직임을 들
어요

당신은 모래 산 사이로 저물었다 나타나는 사람

눈을 감고 깨어나지 않던 당신의

잠이 오래 이어졌을 때 당신은 어둠 속에 단추를 채
우고

마룻장을 밀어올리고 가슴을 여미고

소리 없이 달리는 말을 달렸지요

눈물의 속도로 달리는 말들이 공중에서 서로 만나게 될 때

뜯어진 마룻장들이 신호와 상관없이

부딪히고 멀어지길 반복할 때

잊혀진 교신소의 신호들을 보내며

당신은 보다 안전한 곳의 잠을 이루었죠

눈 감은 자의 평화는 어느 꽃잎에 저무는 빛을 읽고 있나요

어느 날

많은 이들이 자신의 가정을 수정하고 하인과 마루와 책과 교육을

거부했습니다

날은 뜨겁고 손바닥으로 연신 얼굴을 부채질하는 유일한 사람이 흘러내리는 모래 산 사이로

걸어 나오고 있었습니다

그는 한번 눈감으면 뜨지 않는 의지를 갖기 위해 어둠의 사이들을 통과하여 도착한

사람이었습니다

나는 납으로 된 책상에 거친 종이를 깔고 나의 유년
에 들어본 소리들을 적어 내려갑니다

거위와 풀잎과 쓰르라미와 누런 뱀의 차이들을 구분
합니다

나는 자세해지지 않는 일들에 대해 함구하지만

눈 뜨지 않는 어머니를 만난 적이 있었음을 부인하지
않습니다

찰캉이는 소리들을 끌고 한 무리의 사람들이 마루 위
에 도착합니다

나는 어둠 아래인지 어둠 위인지 문득 생각해야 합
니다

나는 한 번도 눈을 뜨지 않는 사람이 되어 다시 어느
가정으로 보내지기 전을

생각합니다

기억이 불을 달고 찾아오면 나는 눈을 감지 않고 건
네받을 것을 거머쥡니다

내 손에 들린 그것을 가지고 나는 마지막 사람을 찾
습니다

그가 나처럼 한 손에 기억을 들고 나를 봅니다

ㄴ의 행위와 풀밭 위에 놓인 것

마르고 둥글고 딱딱하고 거의 회색인
뜨겁고 둥글고 그림자를 담는
어린것
해안에 돌들이 모여서 정체를 밝히는 중이다
눈이 부시군요
자두와 개복숭아 가지를 들고
절벽 위에서 서서히 걸어 내려오는 사람이 보인다
그는 어제 꿈에서 왔다고 말했다는데
우리들 중 아무도 그를 꾼 적이 없다고
네가 말할 때
너의 이빨이 남김없이
보이지 않을 때
나는 거의 꿈 밖으로 나올 뻔했다

씹던 껌을 뱉어내며
네가 천천히 말을 뱉고
나는 나의 감옥에서 당신을 기다리고 있노라고
말했지만
너는 어떤 곳을 가리키고
태양 빛을 비켜나간 자리에
사람들은 모여
웅성이고 표를 사는 중이었다

아무도 듣지 않는 곳이 감옥인가
오이를 씹는 사람이 지나가고
개를 끌고 오이를 씹는 사람이 지나가고
모자를 벗어 바지에 닦는 사람이 지나가고
아이스크림을 흘리며 전화를 하는 사람이 지나가고
저마다 한 개의 감옥을 가진
그곳에 있는 것이 그곳에서 저곳으로 걸어가고
마르고 둥글고 딱딱한 알들은
먹을 수 없는 것들로 판명된다
표를 사러 모였던 사람들이
일제히 표를 떨어트리고

꿈속에서 온 자가

온전한 꿈이 되지 않은 자들의 거주지에 대한 선언을
하고

자리를 깐다

눕고 눈을 껌벅이고

쓰다듬고

털이 긴 개를 쓰다듬고

16개의 모서리를 가진 종이를 떠올리고

바닥은 축축하고

네가 아직 당도하지 않은

그곳에서

잠을 청할 때

물기와 빛을 떨구는

낫이 걸리고 빛이 나고

날이 서고 다시 빛이 난다

썰 것이 없고 그리하여 아직 감옥도 없고

불을 다듬는 손이 그것의 결구를 마감하고

한 개의 감옥을 준비하였다

니은은 빛이 된다

다른 이의 힘으로

풀무질의 흐릿함 속에서

우리의 질문은 모두 철을 향한 것입니다

나는 당신에게 당신에 대해 궁금한 것을 다 물어보지 못하고 죽을 수 있어요.

얼마나 많이 그리고 이상하게 아름다운 질문이 많은지 상상할 수 없겠지만

상상해보세요 입이 열린 동물이 항아리 옆에 누워 있는 것을

그것은 아름다울까요

우리는 만나고 입구가 열리고 바닥에 누운 채 말해지기 전에

누워서 살과 혈액을 흐르게 하고 맹세를 모른 채 뿌리를 내리듯

맹세를 해버린 사이이니까요.

질문이 되지 못한 물음들이 어둠마다 작고 흰 이빨이
되어 있어요.

맨드라미 탱자 분꽃 고추와 해바라기 당신은 그 사이
에서

작은 얼굴을 들고 웃고 있어요

이빨이 없는 아이처럼

당신은 어둠

이빨을 잃은 어둠처럼

당신은 서늘하고 가장자리가 나부끼는 것

나는 어둠 속에서 사과를 먹다 이가 빠졌어요

그건 내 이가 아닌 것 같았지만 사과의 이는 더욱 아
닌 것 같았지만

화면 너머로 우리는 추측할 수 있는 얼굴들을 잃어버
리고 있어요

내 말은 끝나지 않고 어딘가로 흘러드는 말이 되었
어요

나는 이빨을 어디다 두었는지 모른 채 사흘을 보냈
어요

나는 내가 먹어버린 것을 따라 들어갈 수 없는 것이

늘 의문이었죠

입은 어디쯤 가야 멈출 수 없는 수단일까요
문장을 따라 내 얼굴이 향하는 곳에
마지막 문이 있는 것 같다고 당신은 말하죠

종소리는 푸르고
나는 많이 울린 종소리처럼 견고하고 빛나는 완성을
부지런히 달렸어요
얼마나 완벽한가요
나는 가장자리를 끝없이 돌고 있어요
당신이 줄어들고 있다는 말을 들으면서
멈추지 못하는 질문을 당신이 준 이후로

점쟁이의 손끝에 검정 볼펜이 있어요
써 내려가는 글씨마다 작은 동물들의 잃어버린 눈이
있어요
잃는 것은 슬픈 것이 되고 잃은 것은 자세한 것이 되
는 것이고 잃는 것은 더욱 자세해지는 것이죠. 나는 당
신을 잃어가는 대신 아주 많은 질문을 만들어요. 거품처
럼 알을 품은 작고 딱딱한 게가 되어요

굉음

배추흰나비를 잡으러 가던 날
그때 죽지 않았던 네가
있었다
바위와 수풀을 헤매다
손바닥에 놓인 검붉은 열매를 핥고
자갈 위에 누워 있는 꿩의 숨을 확인하고
바위틈에 들어가
각자의 영원을 생각했다

비행기를 한 번도 타보지 못한 우리의 영원이 가능
할까
비행기가 지나가도 아무것도 하지 못하는 저 종탑은
가능할까

비행기가 지나가고 한 무리의 곡괭이와 삽질이 자갈
위를 끌고
너와 내게로 다가오는 희고 뜨거운 낮이 가능할까

귀를 막아도 막아지지 않는 소리
눈을 감아도 사라지지 않는 노란빛
너의 등을 막아도 들어오는 검은색

말하지 않았지만
내 영원을 조금 빌려줘야 했다고
그때 뜨거운 풀숲을 보며
나는 생각했다

불을 피우는 사람들이 올라왔다
불을 피우는 사람들은
먼 곳에서 와서
먼 곳으로 가는
그림자를 가지고 왔다
불을 피우는 사람들은
주문을 태우고

주문을 막는 눈을 가지고 있다

발을 딛고 있는 땅을 지극하게 비벼 누르며
빛을 가지고 빛을 태우고
빛을 묻어버린 사람들

삽을 든 사람들이 언덕을 오르고
바위 곁에 깊고 큰 구덩이를 팔 때
너는 칡넝쿨과 이파리로 얼굴을 덮으며 말했다
왜 다들 조금씩 사라지는 걸까
이렇게 한껏 살아 있는데도

아마도 우린 누군가의 꿈속에서 왔기 때문일 거야

불을 피우던 사람들이 삽을 내려놓고 불을 피우다가
구덩이 곁에 모여들었다
잡지 않은 배추흰나비들이 날고 있다
구름에서 떼어져 나온 흰빛이 조금씩 움직인다

이름을 바꿨어야 했는데

이름을 바꿔야 했어

엄마는 개울가에 앉아 손등에 물을 바르며

같은 말을 반복하는 사람

배추흰나비는 배추 위에 있는 게 아닐까?

하지만 이 언덕에서 벌써 몇 년째 배추흰나비를 잡았다고

불길이 오르는 덤불 곁에 서서

너는 말한다

네가 살아 있었을 때

너의 눈가에 고이던 물기가

내게 묻는다

사실 바위 곁에 아무도 오지 않았다고

깊고 깊은 구덩이를 스스로 파야만 했다고

스스로 자신을 슬퍼하는 사람이 되어야 했다고

이럴 줄 알았으면 내 영원을 조금 빌려줄 걸 그랬다고 말하자

나는 태양 가까이에 서서 빗금 치는 사람이 된 것 같

왔다.

　손바닥에 남은 잎사귀의 쓴맛을 혀로 맛보았다
　누군가의 얼굴을 닦는 기분으로
　누군가의 얼굴을 계속 닦아주고 싶은 기분으로

　다시는 태어나지 않아야 할 이들은 모두
　너처럼 착한 사람들이야
　장작개비 같은 몸을 하고 잘도 언덕을 내려갔다

　너는 아직도 손으로 흰 꽃을 만드는 장난을 하는 중
이다
　내게서 조금 영원을 빌렸다고 말했다
　나는 그렇게 들었다고 말했다
　들판에 태양이 내리쬐고 있었다.

먼 곳

겨울에 하는 내 결심은
등이 굽어 약하다

밤의 나무들이여

잎이 차갑게 져버린대도
아프지 않을 일

상실을 이루면
뼈를 얻을까

나무들은 유리 잎을 달고
밤이면 먼 곳을 다녀온다

소리를 잃으면
빛이 언저리를 비출까

손이 곱은 사람이
은회색 점퍼를 걸쳐 입고
밤새 식탁에 앉아 있다

코와 손에
차가운 빛이 떠돌고

펼치면 아득한
글자들은 유리 파편
소리를 낸다

사각대는 것들이 일으켜 세우는
들짐승의 눈빛

어둠이 척추를 들어 올린다

턱 하고 놓이지 않는 것들이

거기에 있다

이다음에 고라니가 되기로 했다.

흐르는 귀

최가은 문학평론가

> 눈 감으면 커지는 귀
>
> _「높은 귀」

0.

나는 높은 귀, 당신을 듣고 싶다.

1.

정나란의 첫 시집 『굉음』은 '듣기'에 관한 노래로 들린다. 그의 듣기가 특별한 점이 있다면 그것은 세상의

모든 언어, 혹은 언어 바깥에서 솟아나는 잡다한 소리에
귀를 내어주는 일이 아니라는 데서 발생한다. 시인은 오
로지 '당신'을 듣는 일, 당신을 제대로 듣는 '귀'가 되는
방법을 고민한다. 누군가를 향해 환하게 열린 귀의 모습
으로 이 시집을 상상할 때, 제목이 예고하는 것은 언제
어디선가 우리를 습격할 굉음의 파편이다.

　　실상 이 시집에서 경험하게 되는 것이 "암청색"의 적
막뿐이라 해도 도무지 긴장을 놓을 수 없는 이유는 그
때문이다. 사방이 고요한 가운데 우리는 숨죽이고, 그에
따라 계속해서 "커지는 귀"는 점차 '높은 귀'가 된다. 이
렇게 높은 곳에서라면, 당신을 포함한 그 누구의 말이라
도 쉽게 이해할 수 있을 것만 같다. 세상을 내려다 듣는
귀. 여기 이 높은 곳이 시집의 출발선인 걸까. 그러자 마
치 기다렸다는 듯 눈앞의 남은 "빛은 꺼지고 돌들"마저
입을 다문다(「남청색 길을 가는 흰 셔츠」). 당신을 듣기 위해
선 먼저 "눈 감"아야 한다고, 그렇게 세상의 모든 빛과
소리를 제거해야 한다고 시인은 말하는 것이다.

　　당신과 나눠 쓰는 불화
　　창호지 발린 문들이 열린 채 어둠을 나르고 있었다

마지막 음들이 서늘하게 공기 중에 퍼졌다

너는 한 음씩 늘려간다

파열음의 파는 가장 넓은 가장자리를 가졌다

나는 밀려간다

_「밤의 속도」 전문

내려선 침묵을 따라 작은 방 안에는 어둠이 내리고, 당신은 그 밤의 창문을 열어 어둠을 나를 수 있도록 준비한다. 서늘한 공기를 통로 삼아 서두르지 않고 한 음한 음, 음의 마디를 늘려가는 밤. 그런 당신의 밤을 나눠 듣고 싶은 '나'는 가장자리가 넓은 파열음의 진동을 전해 받길 기대하지만, 네가 놓는 마지막 음의 바깥으로 나는 계속해서 밀려갈 뿐이다. 이런 우리가 "나눠 쓰는 불화"란 과연 무엇이 될 수 있을까. '감은 귀'가 된 시집은 당신과 공유할 '불화'의 의미를 찾아 나선다.

＊

당신은 회색, 벽면을 외우는 벽면, 무감한 자, 자신만을 외우는,

[…]

반복의 무감함 자신을 외우는 일

_「단단한 마음」부분

  우리는 늘 수많은 당신들과 대화를 나눈다. 오가는 말의 내용만큼이나 중요한 것은 말하는 이와 듣는 이의 자리일 것이다. 당신이 내게 '어떤' 당신인지는 내가 점하려는 자리의 성격에 따라 가늠될 수 있다. 당신에게 나의 이야기를 전하는 것보다 당신의 이야기를 먼저 듣고 싶다는 마음. 당신의 유일한 청자가 되겠다는 내 집요한 의지는 역으로, 말을 건네는 당신의 의미가 무엇인지를 암시한다.

  '어떤' 당신은 듣는 일의 고통 속에서 발생한다. 내게 당신이 "자신만을 외우는" 회색으로 다가올 때, 그가 바로 '나의 당신'이 되는 이유이다. 무감한 회색인 당신은 무감한 회색이라는 이유로 듣기의 고통을 일으키는 것이 아니다. 해독 불가능의 고통은 오직 당신만을 듣겠다는 나의 무모한 의지로부터 시작된다. 당신을 들으려는 이 자리에서 "나는 네가 비벼 끄는 빛/ 그곳에서 헤어 나오지 못하는 초록"(「3과 2분의 1」)이 되고, 그런 나의 자리가 당신을 무감한 회색으로 만드는 것이다.

 '회색'과 '초록'은 서로에게 수월하고 친절한 청자
가 될 수 없다. 네가 나의 말에 귀 기울이는 정도란 고작
"육십 프로"일 테지만, 그 육십 프로가 대체 무엇을 의
미하는지 알지 못한다는 점에서 너는 육십 프로를 듣는
'역할'을 수행할 뿐이다. 나와 당신 앞엔 언제나 "갈라진
길들"만이 놓이고, 갈라진 그 길들은 서로를 향해 가는
육십 프로의 의미를 끝없이 굴절시키기 때문이다. 우리
가 나누는 대화는 이처럼 늘 "작은 거짓말들로" "엮어"
가는 종류의 것이다. 그러나 나는 너의 높은 귀, 네가 실
은 그 "거짓말들로 진실의 기미들을 내게 넘겨"주는 중
이라고 믿는다(「튤립-이을에게」). 기미를 좇아 '불화'를 이
어가려는 헛된 욕망이 당신이 '나의 당신'임을 다시 한
번 증명한다.

  네가 놓은 말들이 있다
  아니었던 말
  말라가는 말들의 건조기

  […]

하다 만 말을 품고

반대편을 향해 걷는다

거품처럼 일어나는 길들이 나타난다

잎을 떨군 가지의 굴곡을 따라가는 말들

나는 내가 만들지 않은 길을 번복하면서

길을 가리킨다

_「기슭 쪽으로 2」 부분

　"네가 놓은 말들"은 죄다 "아니었던 말"들. 그것은 건
조기와 같은 각자의 입과 귓속에서 모조리 말라가고 있
다. 회색과 초록의 거리를 유지하는 '갈라진 길들'은 "거
품처럼 일어"나고, 나는 "내가 만들지 않"았으나 반복
해서 생겨나는 그 길을 가리키며 생각한다. 네가 "하다
만 말을 품고/ 반대편을 향해" 직접, 길을 "번복"해보는
것은 어떨까. 그것은 '개울 비슷한' 이곳에서부터 뿌리
와 가지가 맞닿는 저 멀리 '기슭'까지 가보는 일이다. 물
에서 물로 가는 길. 내내 물로 나 있는 우리의 길은 너의
목소리를 향해서도, 회색과 초록의 중간 빛을 향해서도
나아가지 않는다. 물길은 그저 너와 내 곁을 "흐르는 움
직임"(「어떤 슬픈 얼굴」)일 뿐. 이곳에는 우리를 파멸로 이

끌 세이렌의 아름다운 노랫소리도, 각자의 무감함을 깨
트릴 동물의 울음소리도 없다. 높은 물살과 샛길도 여간
해선 나타나지 않는다.

　기슭으로 가는 길은 결코 "흘러내리지 않는 수위를
지키는 파란 물", 아무도 막는 이 없는 파란 물은 그것
에 대해 말하지 않을 때도 "수위를 지키고 가로수를 넘
지 않"(「이곳은 개울 비슷하게」)으며 흐른다. 일탈 없는 반
복, 변화 없이 지속되는 물길은 스스로의 구석구석을 외
울 때까지 이어진다. 그런데 오로지 "형태와 동선으로
지속시키는 방"(「튤립-이들에게」)과 같은 이 자리에서 지
속이 지닌 의미는 유별나다. '나'에게 "유지는 필요 없는
것들만을 이고 유지"(「놀이터가 보이는 창」)되는 '유지'인
것이다.

　그 누구도 아닌 당신의 '필요 없는' '기미'를 듣기 위
해 필요한 모든 빛과 소리를 제거하며 지속되는 유지.
한없이 무감해진 이 길 위에서 지난밤 네가 조용히 마
디를 늘려갔던 "여자들의 침묵 아기의 침묵 풀들의 침
묵"과 같은 온갖 침묵의 음들이 진동하고, "어쩌면 나
쁜 길로만 걸어가던 그날의 빛들"이 다시 "조용히 모
여"(「펼쳐진 밤」)든다. 빛이 내는 침묵의 소리가 몇 배음

에 달할 때, 그 "빛의 배음이/ 날들을 이루고" 드디어 이 길을 걷는 당신이 보인다. "두 번 말하면 사라지는 것들을 기억하고 한 번도 말할 수 없는 것에 대해 사고"하는 당신의 뒷모습이(「움직임」). 회색인 당신은 점차 "물기를 머금은 회색 빛"이 되고, 물기를 머금어 반짝이는 당신의 뒤를 따라 내가 걷는다.

2.

슬픔은 부엌의 연기를 지나고 있었고
아무도 그것을 붙잡지 않으니
마당가의 채송화는 지닐 수 있는 모든 즙을 지닌 채
짙어져가고 있다

_「나팔」 부분

"견고한 파문"과 "갇힌 물길"(「물결들은 자물쇠를 열고」)을 지나며 당신의 "슬픔"은 "연기"가 되어 부엌을 떠나고, 그것은 다시 "마당가" "채송화"의 "즙"으로 머문다. 잠시 머물던 그곳에서 채송화의 '즙'은 점차 '짙은 색'으

로 화한다. '물기를 머금은 회색'이었던 당신이 '연기'가
되고, '즙'이 되고, 다시 '색'이 되는 과정을 뒤따라 흐르
며 '나의 귀'는 기존과 전혀 다른 감각기관이 된다. 그것
은 제 본래의 방식을 이탈하여 온갖 형태로, 모든 감각
을 통해 너를 '듣는다'. 냄새가 된 당신을(「언니 나는 언니
를 알아」), 노래가 된 당신의 얼굴을(「비지비지송」), 저녁의
빛이 된 당신의 웃음을(「드넓은 평행을 이루었다고 말했다」)
나는 '흐르는 귀'가 되어 비로소 듣고 있는 것이다.

　올이 풀려가는 어둠이
　뿌리와 가지가 맞닿은 자리에
　푸르스름한 것을 놓기 시작한다
　깃털마다 희게 놓친 눈들이
　밝아져 나온다
　소음들을 지나쳐 가야 했던 어둠엔
　흐릿하게 젖어 알아볼 수 없는 것들이
　아름다움으로 번지고

　빛이 넘어지는 것처럼 기슭은 기슭 쪽으로
　스러지는 것들은 저무는 혀가 됩니다

모조리 가져가려다 대부분을 남기고 저무는

세계, 검은 동공 안에서 말린 등을 보이는 혀

걷고 서는 반복의 허무함을 무렵의 행렬들이

바라봅니다

[…]

침묵은 초록의 경계 위에

동그라미를 만들고

풀숲의 기미들은

없는 시선에 자취를 감추는

연못 위로 드는 한기는 누구의 손이 거두는 것일까

기슭 쪽으로

새의 비행이 낮게 이어집니다

_「기슭 쪽으로 1」부분

　뿌리와 가지가 맞닿은 기슭에 가까워질수록 우리와
동행했던 어둠은 올이 풀리고, 풀린 올 사이로 물기를

잔뜩 머금어 알아볼 수 없을 만큼 번진 아름다움이 흘러내린다. 나에게 "기슭은 기슭 쪽으로 스러지는 것들은" 전부 당신의 '저무는 혀'이다. "모조리 가져가려" 했지만 결국 "대부분을 남기고 저무는 세계", 여전히 "말린 등을 보이는" "반복의 허무함", 그것이 당신의 '혀'라면 '나'는 계속해서 내 경계 위에 침묵의 동그라미를 만들고, 풀숲의 기미를 좇아갈 것이다. 낮은 곳에서 나의 비행은 이어지고, 비행 내내 전해지는 너의 모든 소리들은 나의 귀를 울리는 유일한 소리, '핑음'이다.

0.

나는 흐르는 귀, 당신을 듣는다.

정나란 시인
저서 목록

• 시집
『가장 가까이 있는 말로·흙에 도달하는 것들』(공저),
검은책방흰책방, 2019

굉음
정나란 시집

발행일 2021년 7월 5일
발행인 이인성
발행처 사단법인 문학실험실
등록일 2015년 5월 14일
등록번호 제300-2015-85호

주소 서울 종로구 혜화로 47 한려빌딩 302호
전화 02-765-9682
팩스 02-766-9682
전자우편 munhak@silhum.or.kr
홈페이지 www.silhum.or.kr

디자인 김은희
인쇄 아르텍

ⓒ정나란
ISBN 979-11-970854-5-1 03810
값 10,000원